夕暮れの走者

渋谷直人詩文集

水平線

夕暮れの走者　渋谷直人詩文集

目次

凡例

一、表記等の統一は作品ごとにおこない、全体でこれを図ることはしなかった。ただし、同一作品内において、あえて不統一とした場合もある。

一、本書では、旧字体と新字体、旧仮名遣いと新仮名遣いとが混在しているが、著者の意向により、そのままとした。

一、第Ⅲ部のうち、「詩一つ」以外は、初出誌に依らず、これらを収録した『鳥と魚のいる風景』(近代文藝社、一九八二年)を底本とした。

秧鶏は飛ばずに全路を歩いて来る（伊東静雄）

夕暮れの走者　渋谷直人詩文集

ふさわしからざる巻頭言

大げさな言い方だが、近頃、私は激しく生きねばならなかった時代が遠くへ去ってしまったように思えて仕方がない。敗戦とそれに続く時代を、軍隊帰りの青年として送った私に、いつ頃から一箇の隋性体へと転落したような、こんな心境が棲みついたのか？

ひるがえって、ではお前は、あれらの時代を輝くようにも充実して生きたのか？と問われれば、正直のところ、懐疑と逡巡の児でしかなかった私には、答に窮する以外にはないのだが、尠くとも、何かを求めて激しく（時にはうす汚くもあったが）彷徨したという実感はある。そんな彷徨の道すじの一つに「なぜ書くのか？」という問いがあって、非力な知力の持ち主でしかない私の如きは、結局、サルトルあたりの教えに縋る他はなかった訳だが、それもこれも、当時としては身を捩る思いで、窮迫の時代を通過せねばならなかった、青春の一戯画像である。

そして、再び「なぜ書く……」と自問するのはなぜか？　もちろん、世界が崩壊する瞬間にも、最後に眼を閉じるのは表現者だ、などと凄絶な決意を語る大江健三郎などとは違う意味合いの、「なぜ書く……」という私の問いである。つまり、一箇の隋性体へと転落しかかっているが故の、それはなぜなのだ。書いても書かなくとも世は動く……。時に隋性体が半眼を開いて、何かを意思しようとも、重力の重みで眼蓋は再び閉じられてしまうであろう。

書くことがたつきの道ならいざ知らず、売文もならぬ身が、身銭を切ってまで書き恥晒らす必要がどこにある。隋性体と化して、残された日々を平安に勤め了せれば、以て瞑すべしと言うべきではないか？　という、ひどく低次元のそれはなぜなのだ。人は笑うであろうか？

「そう、それなら無理しないが良い」という、悔恨の淡い色に染まった薄明の意識が拡がり……。そのうすぼんやりとした色調を支える背景に、私はかすかに不安を覚える。

（一九七九・一二・六）

I

牡丹と春雷

凝集と　その解放は
いのちの係数だから
牡丹は幾重もの薄い花びらを
朱に染めて　花芯に陽を蒐める
―焦土から消えた少女よ
　あなたの頬のように―
無量の空間を内にして　花は
厚い濃緑の葉に　恥らって　かくれる。

春雷が去った　朝の
切ないほどの晴れた空に

敗惨の花びらは　土へ
萼に残った花びらの　ただれた朱は
―腹部貫通銃創のAよ
　君の血のり　のようだ―
還らぬ時間は　いつも
根の土の　沈黙に　似ているのはなぜ。
来る年の春ごとに　朱は濃さを増して行く。

（一九九一・五・二）

小兄《ちい》さん

きん色実りの田面の中の一本道を
茜色に墜ちる夕日が欲しかった　君は
縹色から薄鼠色に昏れる頃　道を喪った。
――吾妻山の麓は淋しかったろに
「神隠し」でなぞない。君は君が欲しかった
　　松川の音が聞える　小兄さん。

君は躓く　そして転んでしまう
君は気付いていない　心の眼は
内と外の温度差で曇ってしまうのに。
――擦り傷は　まだ傷むかい

蒲団の中で　黙って　君は君自身になる
　外は吹雪だ　　小兄さん。

君は君自身に重ならない　その訝しさ
その青い憂愁を　恋人は理解しなかった
君は躓く　そして蹲まる
――あの人たちの楷梯を　僕らは踏まない
ああ　芽吹きの春は近いのに　蹲まる君よ
　ごらん　目白が蕾を啄む　小兄さん。

世界も遠く　レイテ島も遠い
カンキポット山の　尾根道で
十字砲火を浴びた　小兄さん。
――サマール海の海は蒼かったかい
君は　大日本帝国陸軍二等兵の　青い修羅
　その悲しみ故に優しかった　小兄さん。

（一九九三・一・二七）

風と蛹と――わが戦後

★

風よ。行方知れずになった者は数知れない。
あの日　蛹の兵士だった彼は呪縛を解かれた。

便所内縊死一名、逃亡処刑一名、グラマンの機銃掃射即死一名。あれらの分身を背負って、一望千里の焼野原に立った。蒼空に富士山だけがやけにきれいで。父は過労死。兄はレイテ島で戦死。家もないのに、一億総懺悔の免罪符がよく売れた。原爆、絶滅収容所を知っていなかった。

風に誘われる天孫族にあれは避けられたろうか？天皇色の風よ――。蛹の兵士にできたことは　羽化しないこと、揚羽蝶となって風に誘われてはならない。青虫、芋虫と嘲られ、小さな触角を突き立て、褐色にしなびた今も、彼は風を恐れる。（どこか遠くで、砂山が崩れ始めた。あの日）

吹き寄せる風は　オキナワ。

★

風よ。河谷いっぱいに緑を蘇生させる風よ。
焦土を吹き抜ける　チョコレート色の風よ。

ジープが走る。ジャズが流れる。「ヘイ、ギブミー、チョコレートね」。ＧＩにぶら下った姐さんが、蛹の兵士を射すくめる。天孫族の頭領は「人間宣言」。みんな「愛される共産党」だった。「平和憲法」に驚く者などいなかった。朝鮮戦争、警察予備隊、自衛隊。

ヘドだ。甘味欠乏症の天孫族め。おお、土の湿めり、山椒の葉の香りよ。蛹の兵士の触角は小さく、観念のシンボル体系を操作できない。風のない夜、彼は闇の巨怪へと変身し、星となった死者たちと交信する。「異形の者は異形のままでいい」。非情な星たちよ。（わが青春の　カタコンベ。）

吹き寄せる風は　オキナワ。

★

風よ。見る者だけに、猛烈果敢に吹く風よ。分かち難く混成色の　空は不気味な縹色。

半地下壕から兎小屋まで、高層ビルは空

を摩し、街は疾走する。年間交通事故死一万余。狂走神経症五千万。風が吹く。蛹の兵士の住む森も、今年松が全滅した。水俣、四日市、阿賀野川。金満天国に安保条約があれば、憲法九条など呉れてやる。地球の裏側で、砂漠は広がる。

あれが全ての始まりだ。風は彼方から吹いて来る。彼方、知はいつも権力を後追いする。全てを対象とする者たちを怖れよ。蛹の兵士の触角は、風への警報で焼切れそうだ。街を往く、むくんだ独我論者が街を往く。彼は幾度、スキゾな空想のゲリラの夢を見たか。教えてくれ風よ。滅びはあるか。
（限りなく流砂は深い空洞へと墜ちて行く）
　吹き寄せる風は　オキナワ。

（一九九五・一一・一九）

若き日の断章

*

あのとき俺は　樹氷が花のように咲く
稀薄な空気の　烈風に晒されていた
人気ない山嶺で　啼くことを強いられた鳥よ。
小暗い縹色の空に　孕まれた太陽よ。
夜明け前の静寂はどうだ。
——夜を行く修羅に　ほほえみはあるか

*

あのとき俺は　崩れた土塀の街にいた
吹き捲くる土埃りに　廃屋すら見なかった
王宮への迷路に　蹲まった青い眼の山犬よ。

すがれた赤茶けた街に　熟柿色に墜ちる太陽よ。
廃絶の思想の　この滅法惨酷果敢さはどうだ。
——不定形の　くには流れる

＊

あのとき俺は　断崖迫る海辺の道にいた
浪は裂け　浪は吼え　海鳴りは地を圧した
荒涼をかすめ飛ぶ鳥よ。岩場から逃れ出る蟹よ。
誘《いざな》うものが何であれ　果てへと流れる雲よ。
　呑欲な白い波頭は　何物をも鯨飲する。
さらば　落ちゆくもの!!

（一九六二、於・三浦海岸）

幻想の街で

たしかに祭囃子の音が聞こえた。崩れた土塀の街の露道口に佇つと、渇いた風が土埃りを捲き上げ、赤茶気た廃屋が飛ばされまいと、地に腹這っていた。

露地角に蹲まる、青い眼の山犬が、顔をあげる。楽の音は千切れ、猛烈果敢な砂嵐が吹き捲くる。王宮への路はない。む。木がなく、草がなく、川がない。土気色の広漠無限の上を、誘《いざな》うものが何であれ、果てまで走る黝い雲があった。

旅路の果てに思い知った、どでかい青春とやらの不在を、その不在をこそ思い知れと、幻想の楽の音が内に聴こえる。しつ。音もなく追尾してくる山犬の咥えていたものは人骨であった。
廃絶の思想に生きた街よ。襲って来たものが何であれ、内にただれた潰瘍なく滅びるものはいないのだ。すでにして、幻想の王宮はただれたもののしるし。王宮の街を築く、築く原理自体が、崩壊の原理ではなかったか。

（一九五六、戦後十一年の幻想）

夢魔Ⅰ

躰にも　心にも　力点をおくな。
堕ち往く　堕ちて往く。
速度感なしの　悪無限的墜落—。
力点をおけば　超速落下破砕の
予感に怯え　心の力点をすら
消去して　堕ち往く…。
「オレはオレ…」ではない、で
在る。それを維持しつづける。
闇黒の　このジメジメした　空
間はどこだ。
吹き上げてくる猛烈な腐臭に

顔をそむけてもならぬ　「オレはオレ…」ではない、で**在**ることに　声もなく泣く　ことすらない。悪無限的墜落を　速度感もなく　漂う。
闇の壁は濡れ　無数の疥癬状小突起に覆われ　堕ち往くさまにそよぐそれは　異物を消化する歓びにうめく　闇の触角—。
総毛立つ　恐怖に　「オレはオレだ」と叫びたい力点を　消去する力点が　墜落速度を速める瞬間に　浮く…。力点なき力点の無限の懶怠に慣れ「オレはオレ…」ではない、で**在**る。こととの　愉悦すら　感知しない。
闇黒は深まり　堕ち往く　堕ちて往く—。漆黒のはるか　下方疥癬状小突起の尖端は　そよぎかすかに白紫色の微光に　揺れ闇は　闇でありつづけることによって　光に変ずる。たしかにオレは　それを信じた。その心の力点が　超速落下—。
猛烈果敢なスピードの中で「オレはオレ…」ではない、で**在**る。と叫びつづけた。
河は轟々と流れ　永劫に　季節は　絶望ではない春はなかったように　オレの上を　幾巡環したのだったか…。水は黝く、隧道の空は昏い。「オレはオレ…」ではない、で**在**る。そのようなものとして　小さく　闇に溶け往く　溶けて往く—。
地底深く　悪無限に近く　愁訴

怨恨　悲泣たちの　無効となった　塵芥《ごみあくた》　とともに　流れ往く先は　何処なのだ。

聞える　かすかに　地底のブラック・ホール　無間陥没の穴へ黝い河の陥ち往く音が　聞える。寂滅為楽の園はない。まして神よ。あなたはいつも　苦患を供物として肥えて来た。

流れ往く　汚物の濁流の中　ぐらり　横波に揺られ　仰向けにされ　流れ往くオレの　眼路はるか　隧道の空に　微光性白紫色の　疥癬状突起群の　異物を消化する歓びの　輝き―。

その不条理は許さるべきでない。「オレはオレ…」ではない、で**在**る。それを否定する　否定

する。何べんも…。その叫び
は　地底のブラック・ホールへ
と　堕ち往く　瀑布の轟音に呑
み込まれていった。

（一九九一・五・四）

夢魔Ⅱ

たしかに楽の音が聞こえた筈だが……。

崩れた土塀の街の路地口に立つと　渇いた風が土埃りを捲き上げ　赤茶気た廃屋が　とばされまいと腹這っていた。路地角に蹲まる　青い眼の山犬が　顔を上げる。

楽の音などは聞こえず　猛烈果敢な砂嵐が吹き抜ける。王宮への道はない。む。木がなく　草がなく　川がない　土気色の広漠無限の上を　誘《いざな》うものが何であれ、果てまで走る黝い雲があった。廃絶の思想よ。
しっ　音もなく追尾する山犬の　銜えて来たものは人骨であった。王宮への道はない　築いたものは　築く原理自体に沿って崩れる。とめどなく　土気色に腹這ってゆく街を　腐爛した熟柿色で墜ちる太陽よ。
王宮もなく　墓標もなく　低く　低く街は崩れる。恋を踊った娘　武勇を誇った兵士　背理を弄んだ哲学者らはいない。幻影の旅人　渇く人　泉なく　楽の音もなく。縹色に昏れる空へ　山犬は吼えかかる。

（一九九二・一〇・一五）

夢魔Ⅲ——地獄谷

陽照りの夏、蒼穹に向って　股ぐらを開く
涸れた河床の　みだらさを渉るのは　辛い。
巨岩の暗部に泉は無く　張りついた蘚苔類
もさらさらと剝落して　岩肌の非情な熱さ
に喘ぐ。山頂に向って　細く蛇行する
白熱の河床よ。岸へ上って　這い松原を行
けば　湿度もなく　悉く葉は枯れて　褐色
の原。靴底から熱砂にあぶられて　油汗も
干上り　目が霞む。人間干しを　街の店頭
で見たことがないから　ここで死ぬのは
無駄死と言うものだ　そう言う分別も定かで

はない。ザックを開いて　ひとつ残ったレモンの酸っぱいこと――。山頂手前の山小屋は　影さえ見えず。放棄した荷物を振り返りもせず　河床つき　樹木つき　草原もつきた岩場を　四足獣となって這い上る。広大無辺の空間で　獣は　いつも一人。窮迫の時　太陽は無慙無意味で　背を灼くばかり。ここはアルプス・カール　地獄谷。青光る空を渡る鳥さえいない。

（一九九四・八・二五）

林間幻想

―芽吹き前の林に　陽は翳る―
　硝煙をかいくぐり
　飢餓に耐え。
いま、流ざんの思いに疼きながら
幻想の　花びら　を追う者。

―裸木の列を縫って　風が吹く―
　幻想の花びらは散って
　願われた果実の屍を蔽う。
誰か　手だれの射手はいないのか
非時《ときじく》の　木の実　を幻視する者。

―星もない　重い薄暮の空を―
ああ　舞いつつ飛ぶ　白き花びら。
言ふな　永劫　のこの無音に
名告ぐることを……。　せめていまは
いたつきの愛　に渇く修羅となれ。

（一九九〇・三・四）

秋の断想・二篇

空が・・・・・。

秋の空には雲一つない。太陽は大きく西に傾むいてなお熾んだ。
コバルト色にピンと張りつめた鋼のような
この空の無辺際さ、その透明な深みへと
ぼくは微塵となって散って行く。

と、永遠が凝集する切那があった。空の一角に黒い翳りが広がって　裏側からじわじわと赤紫色に変色し、それは凝って、すと一すじの血を滴らせた。

空の涙は赤い。
そう思ったとき　ぼくの眼は盲いた。

秋の形象・そして。

ものみなの形象が鮮やかな秋に
わが庭の樹木に　幻想の果実ばかりが
　つややかなのは　なぜ？
黄落する葉の間を縫って　鳥の影が掠める。
運ばれた種子は　巷に撒かれ踏みしだかれ
　て　発芽する春を待つこともない。
書を捨て　饐えた裏小路を迷う　ぼく
　は　どんな果実にも出会えはしない。
うっすらと茜に染まった薄暮の空に

街の灯がはかないように。
ぼくが喪った残骸ばかりの途が遠くに
見える。そうだ、冬は間近いのだ。

さようなら、ときみは言う。まるで昨日を
脱ぎ捨てるように。いのち映ゆる紅葉
の　その惑わしを。どんな別離も
いさぎよくなければならぬから。
さよなら　秋のような女よ。

（一九九五・一一・一九）

散文詩・二題

城趾公園にて

平日の城趾公園に人はいない。広場を囲繞する桜の巨木が、枝を広げ影を作つている。それらは一様に、地上一米ほどのところに空洞《うろ》を持つていて、逞しい女躰のあそこを連想させる。なかに槐樹の巨木が一本すつくと立つて、桜の老木をかばうように、高くそびえている。それは濃緑の葉の上に淡黄色の花をいつぱい咲かせ、花は間をおいて、はらはらと散り敷く。

八月の陽熾り、関東ローム層の赤茶気た土の上に　陽炎はゆれ、銀やんまが　そこをすいと掠めて過ぎる。油蟬の喘鳴、麓の街の低い騒音が、かえつて静寂をきわ立たせる。ベンチ前にはだかる鎌倉期古城趾に建てられた、能舞台を模した三階建て展望台が、視野をさえぎつている。（それが邪魔つ気だ。）

　静寂は深く、追つていた思念は　そこに吸収され　言葉は尽き果てる。あえて言えば、人も　城も　木も　大地すらも、酷薄な寂寥の相の中にあつて、充実の現前は須臾—。思念の果てるところ、茫々たる無底の場所があつて、そこは歴史の外部　始源。ただ、太陽は燦燦として広場を照らす。

　ならば—。城趾公園を暗闇坂の方へ降つて、街の喧噪に混ざろうか。森閑とした〝外部〟を内にして、無人地帯《ノーマンズランド》での充実を演出する時間が、私になお残されていようか。太陽は　真夏の陽を弾ね返して、むしろ、息づき始めたようだ。

（一九九六・八・七）

*城趾公園――川崎市多摩区桝形公園。源頼朝の義弟・稲毛三郎重成の居城があった。

樹霊たちの声が聞こえる

サクラやケヤキに囲繞された　城山の広場は　身内を寒風に晒す思いにさせるから隠沼に通じる坂道を下る。落葉の敷きつめた道を　ざわざわと川を渉るように歩くかすかな腐葉の香りが　大地の温もりを伝える。
　傾斜地の木々は　裸木の梢を青い空に突き立て　孤独な抗がいの姿勢を思わせた。ずず黒く小皺で鎧ったクヌギ　底暗く脂じみたエゴの木　トベラ　ハンノキ　シラカシは　縦に波打つ荒々しい皺を怒張させ寒風を凌いでいた。樹膚は木々たちの宿命の声であつた。
　雑木林を縁取るイヌシデは　蒼鉛色の肌の白いアラベスク模様の　その硬直な樹形で　空間を瀟洒にする。数少ないコブシのほの白い象皮質の樹膚は　寂寥を視覚的にした。木々たちは　内なるリズムと　外なるものの受容と抗がいを　そのように表現する。と　一つの梢が揺れ　チチツと鳴いて　アオジが飛び去つて行つた。
　傾斜地がつきると　風ははたと熄み　そこは　小さな湧き水のある隠沼につづく湿

地の谷だ。湿地は堆積した土砂の上に　ハンノキ　コブシ　ネム　シロダモの疎林を育て　そこを真直ぐに木道が通る。木道から　右　左と見えかくれに　沼につづく細流が見え　枯れた草々　倒木のささくれた折れ口が見える。腐蝕の姿で横倒しになったそれは　ねくたれた荒涼の景とも言えなくはない。樹霊たちは　それもまた　輪廻する寂寥の相だと　囁く。

木道を渡り切ったところに　小さな円形広場が　灌木に囲まれてある。弱い陽を浴びて　土鳩が三羽　餌を啄んでいて　ドテーポ　ドテーポ　クー　と低く鳴く。近付くと遠去かり　逃げる風情でもない。ドテーポ　ドテーポ　クー　ああ　それはこの上なく　樹霊たちの囁きに和していてなぜか私を勇気づける。

谷の湿地を抜ければ　だらだらの坂を登

らねばならない。見上げると　途中の開けの場所に　エノキの巨木が枝を広げ　常になく　武張つて見える。——無い。無いのだ。エノキと競い合つていた　木々たちが無い。近寄ると　点々と　センソウに挽かれた　丸い伐り口を　白々と空にさらしている。ここにあつたシラカシ　そこにあつたイヌシデ　あそこのタイザンボク　ヤマザクラの巨木　みんな無いのだ。崖ぎわに　僅かな　コブシ　ケヤキ　ヤマツバキが残されている。

伐採された木々たちに　萌黄の若葉　誇らかな花々の　季節はもうない。濃緑の中の実り　紅葉の哀歌　その秋は永久に喪われた。樹霊たちはどこへ行つた。樹霊たちは抗議の声を発しなかつた。

私は　エノキの幹に手を添えて　身内からの震えに耐える。稜線を見上げると　薄

暮へと向う空に　風が強まり　残日は茜の
中にあつた。――私は考える。言葉を手に
した者たちの　栄光と悲惨について――そ
れを　私は考えつづけるだろう。

（一九九七・一・二一）

II

富士山行

晴れた日には、わが家の二階から、丹沢の山なみの上に端麗な富士の姿が見える。

私のように戦中派末期の世代以上の人なら、誰しも富士山には、ある特別な思いがある筈だ。と言うのは、霊峰富士とか、日本の象徴富士とか言われ、国家主義的精神の象徴とされて来たからだ。

そして、敗戦で、焼野原となった東京の街のどこからでも、あの富士の秀麗な姿を見ることができた。現実の醜悪さと、絶望的な精神の飢渇とに対比して、それは余りにも美しくあり過ぎた。だから、日頃、あまり詩などを読む暇などなかった私だったが、深尾須磨子の「ひとりお美しいお富士さん」という詩だけは、大いなる共感を以て読んだ記憶がある。

今にして思えば、須磨子は戦争協力詩を書いたおのれの不明、陋劣さに対比して、国家主義の象徴とされた富士だけが、なぜあれ程に美しくあり得ているかを、生理感覚的に納得できかねたのだ。

人間どもが、勝手に、おのれらの思い込みの象徴にしたのであって、富士そのものに何の罪があろうか。そうは思うが、戦中派としては、なかなか、富士への愛憎錯綜する思いは断ち切れなかった。

しかし、老いを迎えて、死ぬまでに一度でいいから、富士へ登ろう、と思うようになった。冥土への土産だ。

スバルラインとかいう自動車道は、あっという間に、その富士の五合目へ私を運んだ。

なんと、富士山というのは禿山なのであった。

「あっは、はげちゃびんのお富士さん」

それでも六合目くらいまでは、まばらではあっても樹木があり、種々の雑草の緑のスロープではあったが、それを過ぎると淡い黄色の花をつけたイタドリだけの草原になり、それも、次第にまばらになり、まるで人工的に植えつけた花のように、低く山肌にへばりついているのだった。その他は全て赤茶けた砂礫の地肌をむきだしている。その砂礫の道が延々と続く――。

鳥も啼かなければ、獣に出会うこともない。後頭部を夏の陽がじりじりと灼く。喘ぎながら振り返ると、遥か下方に河口湖、山中湖の鉛色の湖面を覆って、白い雲がもくもくと湧き上がっている。その白い雲海は、勢いを増し、私たちを追いかけて来る風情に見えた。

七合目の突端で、白い雲は私たちを取り巻き、冷えた白い霧となって流れた。気付いてみると、イタドリのお花畑も終わっていて、赤茶けた砂礫の地肌の上を、その白い霧がなぜまわしているのだった。

六合目とか、七合目とか言っても、それはポイントを示すのではなく、ある幅をもって言われているらしいのだが、七合目の終わり近く、その白い雲は凶悪な様相に変化して、俄雨となった。私たちはそこで宿ることにした。午後三時である。老骨、悲しいかな、登山者の標準時間をはるかに超えていた。

翌朝、二時、真っくら闇と思いきや、満天の星、麓の街々の灯がきらめいている。しかし、ここからは岩場である。

鎖場の岩道を、懐中電灯の頼りない光だけで登る。大きな岩を右に左にと避けながら登ると、ものの十分もすると、腿がだるくなり、意のままに動かなくなる。仰向けにひっくり返って、五分休憩。お富士さんの上には、星があって、星は黙って笑っていた。きれいだった。

胸突き八丁、八合五勺あたりに、「富士山ホテル」という山小屋があって、私たちはそこで御来光を見た。

横に棚引く雲海の切れ目、ぽつんと赤い灯がともる。それは見る間に、丸い赤い大きな陽の玉となり、空をピンク色に染めていくのだった。誰かが「万歳」と叫んだ。山の衆はみんなそれに唱和した。

「お富士さん、これは悪くないぜ」と私は呟やいた。

ところが、そこから先が、悪いのだった。大した岩場でもないのに、体は鉛のように重く、頭痛が始まった。「高山病かなあ。お富士さんの罰があたったかなあ」、私はそう思った。ここが戦中派の頑張り、私はじりじりと山頂を攻めていった。どのくらいの時間を私は頑張ったのだったか？　いつの間に山頂へ出ていた。

山頂は昨日と同じように、霧が巻いていた。寒い、着ぶくれる程に着ていても、身体の芯から震えが来る。頭痛も去らず、食欲もない。朝食もそこそこに、「お鉢めぐり」を諦めて、私は下山することにした。

赤茶けた砂礫の道を降りながら、私は悲しかった。「お富士さんは、荒れている。崩れている」、そう思った。山頂だけではない、山小屋だけでもない。道のいたるところ、放棄されたゴミが目立った。それに、砂礫の自然崩落、それを人工的に食い止めようとする、異様なコンクリートの人工的な瘤が醜かった。

「ずっと、私たちを見て来たお富士さん。君は矢張り　ひとりお美しいお富士さん　でなければならんのじゃないだろうか？」

……天の原　振り放け見れば　渡る日の　影も隠らひ　照る月の　光も見えず　白雲も　い行きはばかり　時じくぞ　雪は降りける……

赤人は、そう唄ったのだ。不定型に揺れる私たちを　時じくぞ　見つめつづけよ、お富士さん。そう思いながら、延々と続く赤茶けた道を、私は降りていった。

（一九九三・八・二四）

冬山行――奥多摩 川苔山から高水三山へ

平野の空気は重く澱んでいた。冬山の稀薄な空気に身を晒したかった。

麓近くで犬をつれ銃を持ったハンターと擦れ違った。

「一人で登んなさるかね」と嗄れた声が追い掛けて来た。

全山を雪で覆った川苔山は、頂上まで直登する道だった。喘ぐ息は白く霞み、登山靴は固雪を滑った。滑落の恐怖で背中に不快な汗が流れた。

頂上に立つと奥多摩の峰みねはなだらかな起伏を、沈んだ白で粧った女の肌を想わせた。それは弱い冬陽の下でひっそりと息をした。

唐突に、平野での幾つもの汚辱が私を襲った。が、悔恨のみが人生ではないのだから、萎えつつも歩き出さねばならない。

白い尾根道は、幾つもの起伏の果てで鈍色の空と溶け合っていた。靴裏で軋む雪音が静寂を奥深くした。

「オノコヤモ、ムナシカルベキヨロヅヨニ、カタリツグベキナハタテズシテ」などと私は憶良の歌を呟いていた。

と、一人の男が背後から、私の影を盗んで、追い越して行った。男は孤絶を荷なった者の潔い姿で、どんどん私を引き離して行った。なぜか、義憤のようなものに突き上げられて私は彼を追った。尾根道が林の中に入ると男はその仄暗い先で黒い点となった。

「影を返せ!!」私の叫びは声とならず、「ギギーイ」という怪鳥の声が林に谺した。

喪ったものの意味も解らず、喘ぎ乍ら、とある峠を登りつめると、無人の、これは悽惨な山小屋に出た。その裏手のゴミ捨て場に群らがるけものたち、鴉たちは私を怖れるでもなく獲物を漁っていた。明らかに見張り役の大鴉さえあらぬ方を凝視して、私を無視した。恐怖が躰を凍らせた。「あ〜あ」一瞬ののち、それは………。

影を喪ったものは存在さえも無化される、という恐怖へと変質した。

「迂闊だった」

「どうしよう」その思いだけで、坂道を転げるように走った。暮れなじむ空から冷いものが降って、頬を濡らした。

遠く山里で灯が、闇をぽっと明るく滲ませた。道がしだいに里の道らしくなるあたりで、私は歩をゆるめ、息を整えた。

白く吹雪く視界の先に、年古りた野仏が呆けたような表情で、赤い前垂れを掛けて、佇《た》っていた。

（一九六五・四・二五）

III

夜叉神峠へ

一

碧空に向って巨大な象が咆哮していた。あの長い鼻の部分が欠けているからこそ、かえってその雲母花崗岩の巨大な岩が、巨象の咆哮に見えてしまう。見えない鼻の尖端には拳が固められている、それを宙に振りあげ、巨象は吠え、怒っている。いや、むしろ己れ自身にも言い難い訴えを叫びつづけている、と言うべきか……。砂利状の急坂を喘ぎながら反対側から登って来た時には、その巨岩は、野牛が跳躍しようとする刹那の後ろ姿に似て見えた。巨岩を取り囲んでいる群小の岩の山裾に辿りつき、危うい姿勢で、岩々を登り切り、巨岩の正面に立った時、

「あーあ、巨象は悶えているなあ」と、重吾は思った。瞬時あたりは静まり、その静寂こそが、巨象の号泣そのものに思われた。岩の中央は風化し、一条の深い溝が穿たれ、その溝はどこまでも深く地底へとつづき、重吾が及び腰で立っている岩との間に、暗い穴を作っていた。この穴、この溝こそは

巨象の肺腑からほとばしる絶叫の口蓋なのだ。そう思う重吾の体は小刻みに慄えていた。

巨岩のその溝には頂上から鉄鎖が垂れ下り、今や若い職場の同僚二人が取りついて、巨象の口蓋を、這う虫のように登っていた。足許からの慄えに耐えて立った重吾に、

「Kさん、やめておきなさい。降りる方がもっとむずかしいのよ」という、彼の真下の岩に取り付いているT女史のかすれた声がかかった。重吾は標高二七七〇米の地蔵岳尖端に立ちたい、という稚気を持たなかった訳ではない。しかし、今は不思議にその気持ちが萎えていた。巨象の苦悶の姿に畏怖してしまったような気持ちであった。

「あーあ、年だからな……」と誰に言うとなく言葉を返した。目を後方にやると、右手に甲斐駒、白く細く雪渓を残して削ぎ落した岩肌を茶褐色に染めた北岳、視界のはるか左、中空に墨絵のように裾を雲にぼかした富士の姿が見える。それらの前方の浅い緑が早川尾根。赤石山脈、通称南アルプスの連山は真夏の空にひっそりと陣座している。

重吾は地蔵岳オベリスク・象の巨岩の前で身内から湧き出る力がないのを感じていた。すでに頂上に立ったIとUは何かを叫びながら、さかんにカメラを操っていた。それはコバルトの空に踊る黒い傀儡のように見えなくはなかった。重吾が佇立する岩の手前まで登って来た後方の同僚たちが、二人に向って、しきりに何かを註文していた。どっちの写真を撮れだの、後の景色はどうだの、降りる時はどうだの、凡そ十米はあるであろう岩の下方からおらびあげるその声は、職場にいる時には考えることも出来ない明るく若い声だ。

同行八人、五十路に達しようという重吾と、四十代半ばのT女史を除けば、みな二十、三十代の若

者だった。この中でも重吾はアルプス登山などという本格的登山は生れて始めてで、そういう彼の事を考えてか、普通なら二泊三日の行程を三泊四日の行程にして、第一日目は乗物だけで、山麓の御座石温泉泊、翌朝山に取りつき、鳳凰三山と云われる南ア連峰の副峰のような、主峰から見れば、一段低い、素人向きの登山という案をプランナーAが決定したのだった。三山とは地蔵岳・観音岳・薬師岳、そこから夜叉神峠を降って甲斐の盆地へ出る。つまり、昨日は三山の峰歩きに出るため、燕頭山と云われる山を登攀した。尾根へ出るところに鳳凰小屋があって二泊目をそこで過した。

Aのせっかくのプランにもかかわらず、重吾が同行を最後まで渋っていた理由は、この宿泊にあった。たしかに重吾は若くないばかりか、老いが身内を侵して来ているのを彼は意識していた。疲労が激しく、疲れていればいる程、夜、眠むれないのだった。深夜目ざめて、眠むろう、とすると逆に頭が冴え返って、あれを思い、これを思い、果ては己れを身のおき処のない悔いへと追いやってしまう。焦悴の果てにまどろむ泥の眠りから、白らけ切った朝を迎え、職場に辿りつく、という繰り返しが最近つづいた。「不健康なのだ」そう思う。その「不健全」を断つために登山に行こうと彼は、最後に思いきめたのだった。そうきめると、彼は体を鍛えた。夕暮れのマラソン、休日のテニス、しかし、その間にも不眠症はつづいていた。果して、御座石温泉でも、鳳凰小屋でも、彼は他人の鼾を聞き、寝息を計り、それとの性格の関連についてなどという、無意味な思考を追い、部屋の隅から飛び出すカマドウマの足の長い不気味な姿から己れの醜悪さを思い、タバコを喫いつづけ、混濁した意識が眠りに誘い込まれたと思うと、もう「早発ち早着き」の山の衆のざわめきに眠りを妨げられた。

「先生ぐらいの年令になると、さまざまな怨念が、眠りを邪魔するんでしょうな」と、Iが山小屋を出はずれた時に、眼鏡の奥の細い目をいたずらっぽく光らせて言った。重吾ははっと胸を衝かれた。「怨念か、たしかに怨念が取り付いたようだな」と思いつつ倒木の多い、ダテカンバ、モミ、マツなどの原生林の中のごつごつした岩の突き出た山道を登った。二夜つづきの寝不足で力が失せた体は重い。肩にくいこむリュックが喘えぐ呼吸をさらに苦しくする。目に沁みこんで来る汗を拭うのも面倒だった。Iはどうしてあんな事を言ったのだろうか？　日教組の分会役員であるIが、組合脱退をした重吾を暗に揶揄したとも受け取れなくはなかった。

あれは三ヶ月程も前の事、体育祭の終った慰労の酒に酔った若い同僚のHが、いきなり重吾の顔を殴打した。胸倉をつかみ、何かをわめきながら、更に三発四発とHは彼を襲った。彼は手出しをしようと思わなかったし、出来もしなかった。ただ、

「お前は情けない奴だ。わめいたり、暴力に訴えたり、しかできんのか」と言いつつ、火花の散った目を押えた。あれが老いつつある重吾の出来た唯一の抵抗だった。「口内裂症、全治一週間」医師の診断書にそう書かれていた。告訴しようと思った。もし翌日が休日でなかったら彼はそうしたかも知れなかった。一日の時間は、若い同僚を退職に追い込む愚かさを悟らせ、引き替えに、彼自身が半生を賭けて闘って来たものが、洞ろだったという長くつづいた疑惧をはっきりと見させてしまった。Hは学年主任である重吾を権力側に寄って圧力を掛ける人間と思ったか、それ程体系的思考をしないHは、野放図なスポーツ好きに水を差す人間として、怒りを爆発させたに違いなく、そうするには、そうするだけの重吾の側に多くの手落ち、押し付けなど、などがあったのだろう。しかし、重吾から云えば、二十余年の教師生活で、権力のカケラも身に帯びたことはない。しかも、初老の身で三百余人

の生徒と、十数名の教師をまとめて行かねばならなかった。彼が「民主化を！　団結を！」などとスローガンをふりまきながら組合の戦闘的部分としてやって来たことは「要するに、スローガンにしか過ぎなかったのだ」誰もそれによって生きよう、生き得るなどとは思いもしない。では酷薄なまでに孤独なあれらの闘い、それは無駄というものであった。現校長のWをはじめ元同僚たちはみな彼の横・裏側をすり抜けて転身して行った。最近、彼がスローガンを叫べなくなったのは、取り残された者のひがみと映るからなのだ。

「これミヤマオダマキというの、きれいでしょう。ほらシャクナゲも……。たしか、この山にしか咲かない、鳳凰シャジンという紫のリンドウみたいな花もある筈なんだ……」重吾の後でT女史が養護教諭のWに、登山家らしく話かけている。彼の闘いの傍にはいつもTがいた。Tは老いつつあった。それは否めない。しかし「Tはなぜ、ああもかげりなく美しく老いつつあり得るのだろう」と重吾は思う。「きっと彼女には不眠の夜がないにちがいない」と思うことにきめた。

窪地に這松やTの指摘する高原植物のある賽の河原を突切って、再び岩石の飛び出た山道へ出る、ここからの道は尾根伝いに観音、薬師、夜叉神峠へとつづく、目路はるか山なみは深浅のかげりをつけて碧空を截り、富士はその影に没し見えない。山へ登るということ、それがどんな事なのか、いま重吾には判らなくなっていた。誰だって、事改まって何故山へ登るか？　なんて聞いたら答えられる訳はない。でも人は山へ登る、そこにたしかな手応えがあるから……。「いま俺は手応えを見失っている。美しい景色に意識が解放される訳でなし、喘ぐことに充実した生命感を甦えらせられる訳ではない。力なく喘えぎ、感動なしに見る。これは何か、不眠の果てに生命力を失ったのだろうか？

俺の生活そのもののようにだ、あっは……」重吾は無限に内へとめくれこんで行く意識に手を灼いていた。

「Kさんは殆んど喋りませんね」と昨春教師になったばかりの自意識家Rが背後から声を掛けて来る。彼は振り返って、細面で、突き出た唇と、よく動く切れ長の目を持つRを見た。

二

観音岳頂上の岩場の陰で昼食を摂る。車座中央で江戸下町ッ児のUがカレーライスを作る。Iは味噌汁を作り、Mはワカメを切り、盛りつけをする。黙っていても人それぞれ特技を心得て事を運ぶ。不器用なばかりでなく、不調の重吾はぼんやりとそれらを見ている。

「さあ、喰べよう」とギョロ目のAが声を掛ける頃には、はるか北、早川尾根に掛っていた霧が、ひんやりとこの頂上を包み始めていた。食欲すら減退していた重吾は、スタミナを考えて一椀を空けた。辛い、塩っぱいと感じる以外、ざらざらしたものが喉を通ったと思うだけだった。こうした彼にとって、矯声と談笑の若者の中にいることが、いかにもそぐわないように感じられてしまう。職場では信頼もし、気心も知り合った仲間と思っているのに、いま、彼らはぐんぐんと遠くへ去って行く。

ガスはすっぽりと頂上を包み、ぽたりと冷いものが落ち、Uが「雨だ」と言い、ファイターで呑ん気者のIが、「これしきの雨なんでもないさ」と言う間もなく、それは沛然と降って来た。傘を出し、ポンチョを出しする間にも、散乱する食器は雨に打たれ、全身濡れそぼって行く。四囲の草木は雨に激しく揺れ、砂礫に小川ができた。

雨の山道は変じて川になる、薬師岳への尾根道を少し外れたところに小さな山小屋がある筈だ、とプランナーのAが言う。ともかく、そこへ急がねばならない。二日目の昼食を消化して荷は軽くなった筈なのに、水分を含んだそれはずっしりと重い。次第に左脚関節の皿にきしむような痛みを覚えるようになった重吾は、跛を曳くようにして、岩の階段、倒木の階段を下りる。左足を地面に着くと、その痛みは後頭部へ鈍く響いてくる。

「あの頃もそうだった……」と彼は思う。星の降る夜道を、横殴りの吹雪の道を、雨の泥濘の中を、三斗余の持ち重りのする米の入ったリュックを背負って、故郷の駅へ急いだ。故意に被って来た学生帽は検束の警官のお目こぼしを計算に入れてのことだった。

敗戦一ヶ月目に、父は脳溢血で倒れ、母を入れて六人の女ばかりの家計を立てねばならなかった。長兄は大陸に、次兄は比島で戦死、内地で訓練兵であった重吾に、その任が帰せられた。東京で二軒の店舗を焼失した、呉服商の父に商品は残らず、一層困ったことは債権債務が皆目判らなかった事だ。父のたっての望みで入った専門学校の数学科を彼は棒に振った。その頃彼は得意な数学よりも、哲学とか文学とか、要するに人文科学を学びたかった。価値観の急速な崩壊を、内部から了解する言葉さえ彼は知らなかった。精神の中核にすっぽりと空洞ができ、それは手をつけられないほど日増しに深く大きくなって行く。内と外の、人間の精神をまるごと救抜する何か、それを灼けるような思いで求めた。そこへ父の訃報、学生とは名ばかりの闇屋が出現した。長兄が帰ってもその生活に変化はなかった。兄は呉服商の経験を活かして古着商を始めたが、地盤のない土地で悪戦苦闘していた。

重吾一人、精神の荒廃を！などとどうして言い得よう。学籍も変った、最後に某私大の法経系を卒業するのは、人よりも五年に近いブランクを挟む必要があった。こうして彼の学生時代とは闇屋の時代、峠のトンネルを越すと顔が煤で、真黒になる夜汽車の中で本を読み、そしてふと目をやるとあちこちの隅で卑劣な行為に及ぶ同業者をも多く見てしまう時代であった。大学の講義に出る暇はなかった。あったとしても、教授の顔を見ると反吐の出る思いだった。

「戦中、あなたは……」と非礼な質問をしそうな切迫した精神を、ひそかに怖れた。一本のタバコを分け合った「唯研」の仲間ともしっくり行かなかった。彼らは「現実が意識を規定する」という大前提から出発し、論理の要所要所にマルクスのスローガンを防壁のように打ち立て、自らの感性の上に思考することを怖れていた。それはスコラ哲学に似ていた。自然の自らの感性を無視した彼らの言動は粗く、憎しみと愛情とは単純な図式に還元される仕掛けになっていた。重吾が異論を唱えたりすると「次元が低い」と云った様子で、あの仲間うちにのみ通ずる独得の笑顔が、一斉に彼に向けられた。「貴様ら、口を開けば大衆、大衆などと言うが、大衆とはどんな者か知ってるか！」と彼は軍人調で怒鳴りたい衝動に耐えねばならなかった。「彼だけは違っていたなあ」と重吾は想いつづける。「僕は愛からのみコミュニストでありたいんだ」とやさしい言葉とは反対の、いかつくゴツゴツした大きな顔の、馬のような目を沾るませた詩人志望のO、争論になるとその目を伏せ決して発言しなかったO、「あの目は大衆そのものの悲しい目を思わせたなあ」と重吾は、うすぎたないOの下宿を想い出す。彼はOに、コミュニストの真正な感性を見た。コミュニストの対立者であってはならないという決意をしたのはその時からだった。後年の戦闘的活動家、重吾の根はそこにあった。勿論、教育をとりまく政治反動という条件あってのことだとしても、重い足の重吾の思念はつづく。およそ一俵に近い米を背負っての、肩の重みのように「あれは解決されてはいない課題だし、時には淡く、時にはそれなくては、足許もぐらつくと感じるほどに、まるごと精神を救抜する思想とは何か？　という課題……」教師であるということが特にそれを求めさせる。

ふと目をあげると、ガスはどんどん南へ南へと吹き流されてい、雨は熄んでいた。北面・北岳頂上のあの鋭角的に三角形の北半分が、再び碧空にくっきりと茶褐色の山肌を現わして来ていた。

「雨がやんだぞ！」と先頭に立っていたIが怒鳴った。

「ヘッヘ、今頃、何、怒鳴らっしゃる」とUが茶化して、一同が笑った。それぞれに思い凝らしていたんだな、と重吾は思った。道は岩の突き出た砂礫の多い降り坂から、薬師岳へと比較的原生林に囲まれた昇り坂の尾根へと変りつつあった。昇り坂は体力を使う割りには膝への負担が少いせいか、関節の痛みがやわらいだ。観音岳二八四一米、三山の最高峰を雨の中で越え、薬師岳二七六五米へ一行は取り付いた。振り返ると赤抜の頭と云われる馬の背のような尾根を通って、右手の地蔵岳がガスの上にくっきりと頂上、あの巨象のオベリスクが見え、左手に北岳によく似た甲斐駒岳が青紫色に全容を浮き出させていた。踵を返して歩き始めた彼へ、自意識家のRが、人差指で唇を押え「シーッ」と言った。反対の手で指さすところに、美しいものを見た。「おっ、雷鳥か」十数羽の雷鳥があちこちの岩の上で、チョッ、チョッ、チョ、チョ……と云った風の鳴き声を出しながら、カメラを向けているIやAを怖れる様子もなく動き廻っていた。丸い胴は黒い縞の入った茶褐色の羽毛で覆われ、小さな頭が歩くたびに前後に揺れるのだった。よく見ると尾根道左手の草叢の岩の上に、これは一段と大きな雷鳥が、それらのひな達を心配そうに見守って動かない。ひな達は親の心配も知らぬ気に、右に左に頭をふりふり岩を渡り歩いた。稚気のあるIが大胆にも親鳥の数歩手前に近づきカメラを向けた。と、さっと親の方は、飛ぶような速さで一段高い岩へ移動し、相変らずこちら向きになって、クックックッと云うようなくぐもった鳴き声を出した。一行は思わずクスクスと笑いを漏らしてしまった。それでもひな達は逃げようともせず、あちこちと動き廻って親の心配を無視していた。

「あれが冬には純白の羽毛になるのねェ」と感嘆したようにTは囁やいた。

雨上がりの山で天然記念物に指定された珍しい動物を、心ゆくばかり見たこと、そして心暖まるその光景に接して、思いなしか、一行の言動に快活さが加わったように思える。三十分間歩行、十分間休憩というゆっくりしたリズムが崩れた。先頭に立ったIが歩巾を伸ばす。時間計測を忘れたのであったろう。不眠でいつも明晰でない意識状態で跛の歩行をつづけていた重吾も、雷鳥親子からの連想の中へのめり込んで行った。四日も家庭を留守にする多少の後ろめたさと、今年高校生になったばかりの娘が「どうして、あれは近頃、親から離れ、自分の中へこもりたがるのだろうか?」などと思い、娘への連想は自然に生徒たちへの連想へとつながって行った。

彼等はやがて一人立ちして生き始める。親と教師はそれ以前に生きるための術を会得させねばならない。あの親鳥のように。「それなのに彼らはどうして……」と重吾はあれこれの生徒の顔を眼前に据える。タバコ、シンナー、万引、そしてあの鳥の巣のような赤く染めた頭髪、だぶだぶのズボン……。

あれはNがB教師の股間を、得意のサッカーの要領で蹴り上げたのだったろう。重吾が昼休みタバコの煙の行方をぼんやりと見つめていた時だった。職員室の廊下のガラス窓の向うで、まるで影絵のようにBがゆっくりと倒れ込んでいった。一瞬それが何を意味するのか判らなかった。やがて職員室が騒然となり、廊下へ出て見ると、Nの仲間の一人が、倒れたBの背中へ足をあげていた。Bは教師仲間では極度に慇懃、礼節を重んじ、自己を主張せず、内向的な人柄だった。しかし言動のはしばしから己れを信ずること固く、生徒に対しては厳格な指導姿勢を崩さず、時には陰険な感じさえ与えた。Bは生徒を理解しなさ過ぎたと云えるとしても「あれが俺達戦中派世代なんだ……」と重吾は思う。おそらく、Bから見れば重吾なぞ、時流に乗った軽薄才子に映じたに相違ないのだ。時代は変った。その変化を重吾自身、民主化などというスローガンをかかげて手助けしたのだったのではなかったか？　生徒も若い教師も野放図になり、今や生活のフォルムを失いつつある。学校経営官僚となった校長、教頭は「管理上」の不都合がなければ見て見ぬ振りをした。

「あーあ、そのはざまであの殴打事件は起きたのだなあ」と重吾は身内に火照るものを感じつつ思うのだった。家庭も学校も社会全体が「現実が意識を規定する」という定式で動く。民主化が、平和が悪い訳はない。しかし……。重吾は幾度びも意識が重く暗い方へとめくれ込んで行くのをどうすることもできない。南アルプスの美しさ、雄大さに触れ、その感動によって心が浄化され、伸びやかになることができない。

「寝不足がいけない。あのマグロを並べて寝かせるような、むし暑い山小屋がいけない……」彼は、次第に険しく昇りつめていく、狭い山道を跛を曳きながら焦ら立って行く……。ふと気付くと、Rの前を行くプランナーAも跛を曳き始めていた。道は薬師岳山頂めがけて右に巻きつつそこへと近づく気配だ。だから道は右手にブナ、ダケカンバ、モミ、マツなどの鬱蒼とした原生林であった。しかもそれらの木々にサルオガセという海草のような草が垂れ下がったたたずまいは幽鬼の森を思わせた。左手は草木もないまま、きり立った崖になっていて、果てなく山麓へ陥ちるガレ場だった。

「おーい休憩の時間はどうしたあ」と、Aがいつもの癖のぶっきら棒な声をIに浴びせた。最後尾を歩いている山男のUが、

「もう四十分も歩いているぜ、自分だけ調子がいいと思っちゃ困るぜ、本当によぉ」とおどけて追い打ちを掛けた。振り返った細目のIが、

「やーあ、そうだったね。調子出し過ぎたかな」と笑いながら、あたりを見て、

「それにしても、もう少し適当な場所へ出てから……」と言って、また歩き始めた。すると、Uが大きな音を発する例の放屁をした。

「またか……」と一行はざわめいた。

「うしろにいないで、助かったわ」とTが笑いながら言った。

「I体制に対する革命の号砲さ、あっはは」とUは答えた。

Uはいつもあっけらかんと突拍子もない事をする。それが少しも無神経・嫌味に感じさせない特技を持っている。重吾はこれらの人が好きだ。そして、この世を二倍近くも生きて自分は、なぜ処世上この人たちのように賢明ではないのかと思う。肩肘を張って、こわばって生きている疎ましさ。

「夜叉だ、夜叉性を曳きずって歩くしかない、もう幾許もない老いぼれだ……」

夜叉神峠への道はまだ遠かった。そこを降る以外甲斐の盆地へは出られない。

三

不眠の祟りが急速に重吾を襲っていた。階段状になった昇り坂が殊にきつく感じられるようになっていた。丸太を組合せた梯子の昇りや、岩、倒木を跨ぐ時、右脚を軸にして左脚を上に乗せ、その脚で全身を持ちあげる、そういう時、関節ははげしく疼き、それを避けるためには、全身を前へ倒してしまいたい誘惑に馳られた。相変らず、道の右手は鬱蒼たる原生林がつづき、サルオガセが垂れ下った暗い森を、己れ自らが幽鬼のように思いなして重吾は歩いた。

「梅干し、梅干しじじい！」と廊下の隅で重吾をからかって逃げる生徒がいた。顔の作りが小さく、痩せて、しわが多いことも、そういう仇名が出来た原因であったろう。しかし、重吾自身、その仇名を心から肯う気持ちになっていた。成熟から見放され、初老を迎えているという自覚があった。にもかかわらず、〝老いる〟ということもむずかしい事のようだった。身も心も老い衰えつつ、彼には自足する心が欠けていた。うす汚い青年——ある面で青年とはそういうものだ——のように、彼は絶えず何かを探していた。何を、現実に規定されつつ、逆に、現実を規定して行く何かを！　それがない。相憎く彼は、それに気付かぬ程、鈍感ではなかった。夜叉のように、菩薩なぞいるものか、如来なぞもいるものか、と荒狂う心があった。

「梅干し夜叉め、しっかり歩け。頑張って歩け！」彼はぶつぶつ声を出しながら歩いた。ふと「Tはどうしているかな」と思い、振り向こうとした時、花崗岩性砂礫の道に突き出た小さな岩を左足が踏んだ。
「あっ……」激痛が関節から後頭部へと走って、重吾の体はよろめいた。リュックの中の半分を使い残した水が、よろめいた方へ、つまり左へゴボッと流れ、彼はそれが重いなあ、と感じた。谷へ誘われるように、横ざまに、ガレた道の左肩から、砂利を崩して、ゆっくりと落ちた。

静かだった。鮮明に緑の山の稜線が見え、ぐんぐんと奈落へ曳き込まれている自分が判った。顔から血が退いて、意識がうすれ、うすれた意識の中で、

「これでいい。これでいい。あなたの御手が抱きとって下さることを、今は感じられます。始めから、そう信じられなかった、私の稚気を許させ給え……」と彼は瞬間の間に思った。

（一九七五・八・三）

夕暮れの走者

一

握りしめている掌の中心部に脱力感があって、それは手から腕、腕から躰の内部を通って、全身へと拡がる気配がある。

「これは、いつもと違うなあ、何だろう、この掌の中の円い冷たい感じは……」

西空に向って伸びている簡易舗装の坂道は、むっとする暑い熱の壁で、私を捕りひしごうとするようだ。この坂道を登りつめることができるだろうか？　不安が飛鳥のように胸を掠めて行く。額から流れる汗は眼に沁みた。首筋からランニングシャツをくぐり、腰の囲りをぐっしょりにしている汗が不快だ。私は駈けつめ、登りつめねばならない。耐えること、力を振りしぼること、それは同じことである筈なのに、別のことに感じられる。というのは掌の脱力感は耐える力を、ちょっとしたはずみに、一挙に解体させてしまうように感じられるのだ。それは、体の奥深いところの洞穴から吹きあげてくる風が、そこ、掌の真ン中に穴をあけてしまった、という感じなのだ。私はその穴を外側から抑えこむように、強く、より強く握りしめて行く……。それでも、私の力はその円く冷たく乾いた中心部に達しないようなもどかしさがある。

すでに、坂の上の白い雲は、夏の太陽を遮蔽してしまい、層をなした雲の縁が茜色に染まり、そこから赤味を帯びた金色の光の箭が、コバルトの天空へと放射していた。喘ぎながら、その壮麗な美しさを見るのが私にはつらい。恐らく、東の空には、私が第一の坂を越えた時に眺めたように、初秋を思わせる鰯雲が、長く遠く南北に広がっているに違いない。力の余裕を失っている私に、それを確かめようもなく、顎を突き出し、尻を残し、両腿を極端に低くあげ、引摺るような足捌きで駈けている、走者としては最低の姿勢が意識されるばかりである。この四十日、馴染みになった道の両側の風景も後方へ後方へと掠め去って行き意識に留まることがない。

「おっさん、頑張って……」などと街の悪童に声援を受けるのも、この第一か第二の坂の途中でのことだ。その都度、「もうやめよう」などと挫けそうになりながら、到頭、この夏休みの終りの今日まで、夕暮れのマラソンを続けて来たのはなぜだったのか。たとえ、掌にいつもと違う反応があるというだけで、最後の一日を完走しないなどということがあっていいだろうか、と私は思うのだ。

多摩丘陵が幾重にも層をなして、多摩川へと落ちる最後の襞の谷間、南北をその丘陵が囲むその谷間の部落の中程に、五十坪に満たぬ私の家がある。その庭で、陽が傾き始める頃を見測らって、軽い自己流の準備運動を始める。低いブロック塀越しに、道を隔てて軍艦のようなアパートが一昨年建てられ、そこの住人である内儀さん連中や、道往く人が、奇異な目で私を見ている時もある。五十年の年月を閲した肉体は軌み勝ちで、体を曲げるたびに、骨がポキッと鳴ったり、首筋・肩・腰のあたりに痛みが走る。私は五回も六回もの深呼吸でそれを終えると、せまい谷の両側に丘を背負った形で建てられた、垣根で囲った農家や、むき出しのアパートや、小借家の並ぶ谷戸の道を、私鉄K駅に向って足早やに歩く。白いテニスズボンにランニングシャツという、いかにも軽快そうないで立ちながら、それによって露らわにされる肉体の貧弱さは隠しようもない。鉋で削ったような扁平な胸・腹。肉の落ちた肩から細く伸びた腕、その腕には、走り出してしばらくすると、体熱によって温められると、くっきり赤茶けた無数の老斑が浮き出て来る。老い衰えて行く肉体を谷戸の人びとに晒らして、なおかつ、私は走らねばならぬ。そうでもして、体を鍛えない限り、中学校教師という激務をこなせない、と感じ始めて久しいのだ。「そんなことをしても敗北に恰好をつけるだけだ。敗北は敗北なんだ」という声が聞える。しかし、私は首筋を思い切り伸ばし、肩を張り、O脚気味の脚を真直ぐにして、谷戸の乾いた道を歩く。体はすでに汗を滲ませている。

K駅周辺にまだ人家はない。今は広い自動車道路を挾んで電鉄会社が整地をして、宅地を待つばかりの、このあたりの、十年前を、私は想い出すことができる。瀟洒な白亜の小駅のあたりは、谷戸部落の水田用灌漑溜池を眼下に望む丘の頂きであった。稀の休日、私はその池に釣糸を垂れ、まだ赤児だった娘のNを抱いて池を繞り、その丘に立って散策もした。丘は三方から伸びて池になだれ落ち、その傾斜地に梅や栗や杉や、多くは雑木の林があった。私は夜、その林の細い道を抜け、丘の上の畑道をいつまでもいつまでも彷徨したことがあった。私は若く、めくるめく思念が私を行動に駆り立て、行動せずには泡立つ思念に定型を与え得ないという風情であったろう。笑止にも、私はこうして、教育界における〈異端者〉〈過激派〉などと云われた。「行動を通して学ぶ」なんて、あれは嘘だね、と私は誰かに聞きたい想いだ。

真直ぐに、駅から東南へ向って、広い舗装路が延びていた。私は駅前からこの道を走り始める。この時間には、夏の陽は私の右前方に、丹沢山塊のうすい青紫色の上に、眩しく黄色く輝やき、よく晴れた日には雪のない淡い富士の灰色のシルエットが浮ぶ。駅から徐々にゆるい登り坂を越えたあたりから、道は深く広い谷間へと降る。もうその小盆地とも呼ぶべき入口のあたりから、超モダンな開発住宅ができ、要所要所に商店ができ、人が往き交い、車が排気ガスを吹いて走り去る。私は小盆地の底へと四、五百米走り降り、向う側の第一の坂へと登りつめねばならない。この坂を登る時の体調が第二、第三の坂を走る私の条件を占うバロメーターだ。今日、掌の中心部の、円い風の吹き抜けるような感じの脱力感に気付いたのも、この坂の途中でだった。しかし、それは、初め何とも云えぬもぞがゆさのようなものとして意識されたに過ぎなかった。「ここから力が脱けて行く」と想い始め「全身の力が解体する」と想い始めたのはどの辺からであったろうか？

夏の始め、私はこの第一の坂の頂き、そこの左手にあるこんもりと雑木の茂る△△古墳を目ざして駈けつめて来た。それが精一杯の力走であった。日を逐って走行距離を延ばし、四十余日をかけて、私は第二、第三の坂を越え、五千米余を完走するランナーに自らを鍛えたのだ。今日、正確には一九七×年九月一日、日曜日、夏休みの最後の日に、駈けつめ、登りつめようとしている第二の坂を越え、さらに降り終って県道へ至る地点までの駅からの距離は二千五百米である。この距離は職場の同僚に、自動車のメーターで計測して貰ったのだ。

「二千五百ちょっと、ですね。あははっ」と彼は眼鏡の奥で、あのきらきら光る目を細めたのだった。その笑いが嘲笑的に見えたというのではなかった。しかし、第三の坂へと挑戦を決意したのはあの日であったのを、忘れてはいない。そこから丘陵の上の畑道へつながる九十九折れの坂道は一つだとは云え、僅か十日を残すのみのあの日から、私の走行距離は二倍に延びたのだ。私は内心深くあの愉悦の時を欲していた。

　今、長い第二の坂の頂上は見えて来て、陽は、遙かな白雲の一角を朱色に染め、そこから空は燃えて来るように赤い。上空は熟柿色の光の箭の放射だ。頂上右手のその空を背景にいつもの青瓦、クリーム色の壁の、大谷石に囲まれた家の門扉から、あの青黒いむく犬が、今日も私を窺い、吠えかかってくるだろうか？　しかし、それはどうでもよかった。すでに私の目はかすみ掛けており、風景の遠近《パースペクティブ》が確かでない上に、心臓は破裂しそうに動悸を打っていた。「馬鹿な！　こんなことはよせ、もう沢山だ！」と何回もそう思い、立ち止まろうとして、耐えつづけてきたのだ。今日もやめはしない。安物で間に合わせた義歯の間から、シュッ、シュッと咳が飛び出てくる。頂きの家の門の扉に今日あの犬は顔も出さない。「越えたぞ！」という、いつものあの解放感が湧き出て来ない。それは頭の中に重いしこりのようなものが蟠っていて、掌の中の風穴が気にかかるからであるらしい。私は、さらに固く、固く拳を握りしめ、白く乾いた坂道を下りはじめる。

二

今朝、家内に「あなたの学校の校長が替るわよ」と云われて新聞を見た。私は老眼鏡を掛けるようになってから、ほとんど読書をしない。まして新聞のような小活字はごめんだ。読んだとしても見出しだけである。これが〈過激派〉教師のなれの果てかと思うと、我乍ら滑稽でなくもない。例年なら九月一日、今日が学期始めで、教頭・校長の人事異動の日だ、ということくらいは知っている。もう私には誰が管理職になろうと関係のないことだ。それでも、自分の学校の校長が替ると聞いては、眼鏡を掛けないわけには参らない。

「早瀬源吾」

「ははあ、なるほどなあ」

「何が、ははあ、なのよ。あきれた言い方ね」と妻は言った。

「迂闊、迂闊。迂闊すぎるよ」第二の坂の降りは快適だ、体を隋性に預け、できるだけ逞しい走者のような姿勢を保って走る。スピードをセーブすること、リズムをつけること、それでよい。依然として掌の脱力感はあったとしても、全身を解体するなどという不安はない。道の両側は豪壮な地主どもの家だ。人も車もこの道は少ない。半年前に替った年若な教頭の赫ら顔、元同僚でこれも私より二才年若な元ラグビー選手の早瀬の肉の厚い顔が想い出て来る。私の頭に固いしこりのように蟠っているものがこれだと認めてしまえばいいのだ。

「迂闊だ、もうそんな年なんだよ。なあ」と私は自らに呼び掛ける。「当分はぎくしゃくするだろうさ。それもすぐ慣れるさ、そうさあね」そう思った時、一瞬、顔にゆるみが走った、ように私は感じた。

「ギイッ、ギイッ」と坂の林の梢をゆるがして鳥が数羽飛んだ。小綬鶏だろうか、あれは春「チョットコイ、チョットコイ」と啼く筈なのだ。この季節には羽の色も不気味に灰色がかっている。鳥の飛んだ林の上の空は相変らず残光が赤いとはいえ、第三の丘の森は思いなしか暮れなずみ、色彩も鮮明さを失いかけていた。目を落すと、左手前方から鴇色のカンナの花が飛び込んでくる。それは降り坂も終りに近い農家の庭だ。奥庭に小滝を造り、石をあしらった池の一隅に、それは咲いている。滝の落ちる崖の斜面に百日紅の紅が鮮やかだ。この家を過ぎ、県道を横切れば、丘陵の上の畑につながる第三の坂へと差しかかる。胃の腑からにがい水が喉のあたりへ押し上がってくる。恐らく、私の体力では、第三の坂を越え、畑の道を走り切るのは過重な負担なのに違いない。このコースの延長はつい十日ほど前に始めたばかりでもあった。しかし私は走る。何ものか迫るものがあって、そうせざるを得ない。きまって翌朝はげっそりと意気阻喪し、ふくらはぎ、肩、腰に痛みが出る。それでも私はやる。今日完走すれば、夏休みの四十日を、充実したものに感じられる筈だ。少くとも鍛えた体は残る。事実、私の持病である胃のしくしく痛む、あの胃潰瘍再発への惧れをこの夏休みの間、一度も感じたことがないのだ。それだけではない。私は内心深くあの愉悦の時の再現を待っている。

　県道の十字路に車の流れは絶えない。荒い息遣いの鼻孔に排気ガスの匂いがこそばゆい。足踏みしながら、「あの人は死んだ」と突拍子もない悲しみが胸をよぎるのに打たれる。空の幻妙な深さを見つめすぎていたせいだろうか？　栗のような顔立ちと、そのざらざらした斑のある皮膚と、決して美しいとは云えないあの人は……。

「瞳も茶がかっていたぞ、そうだ、でも、燃えるような瞳だったなあ。聖少女だからな、敵わないなあ、あの人には……」

「だってさ……」とあの人は例の調子で言ったのだ。栗のような顔の、突き出た下唇を尖らせた、その表情にはある種の感じがあった。

「早瀬先生ったら、お前なんかに、俺の悲しみが分るもんか、そう言ってね……」前任校での六年も前のことだった。きっと、あれの夏の終りの日に違いない。酔払った早瀬が、国鉄K駅であの人とばったり逢ったのだ。彼の師範学校同級生が教頭に任命され、あろうことか早瀬と私どもの学校へ赴任して来た。ラグビーで鍛えたぶ厚い顔を近づけ、饐えた酒の匂いを吹き掛けながら、執拗にあの人に絡んだのだ。あの時の、私の反応がどうしても思い出せない。あの人と共に軽蔑の素振り一つで、片付けてしまったのだろうか？

　しかし、今、私は「あっ、ちちち……」と熱い火箸を握った時のような感覚が全身を貫ぬく、悔い、恥らい双方綯い交ざったような痛い思いだ。「校長になりたい」と彼は、教室でも、職員室でも、その他の場面でも、一分の隙なく、全心を打ち込んで振る舞ったのだ。そのやり方が違っていたにしろ、彼の教育に打たれた生徒はいたし、反応した生徒もいた。それは〈過激派〉教師に反応した生徒がいたと一般なのだ。教頭昇任洩れをやけ酒で慰める素直さこそ、この私が見習うべきものではなかったか？　事実、今、私は校長になりたい、百万遍も、校長になりたいと言おう。敗戦以来、金のない青春、金のない壮年、そして金のない初老を迎えての、うす汚く、成熟というものから無限に見放された老年へと続くこの道。平教師で終った先輩たち、F・K・Y・O・Zなどなどの呆けた顔、顔……。生徒たちからまで「じじい」と嘲られ、若い教師たちからさえ月給泥棒のような扱いをすら受けて……。「しゃっきりしなければならん」と思う。しかし、萎えてゆく体と、しのび寄る底深い虚無の影に怯え、陣容を建て直す暇もない激務と薄給とがある。

「あっは、恨みがましいぞ。それを承知での若き闘いに栄光があったのではなかったか」

「栄光?」と私はいぶかる。私はずっと幼い時、人生にそんなものがないことを心のどこかで知っていた気がする。むしろ、栄光をさん奪する時間という無があった。人生は悲劇ではあっても、その劇はいつも大団円の欠けたパッション、無からの逃走ではなかったか?

あの人が彼を軽く見る、それは仕方がない。許されてさえいる。「あの人は聖教師だものなあ」と私は思う。

彼女は今、第三の坂の上の薄暮の空を駈けていた。唇を尖らせ、うす茶色の燃える瞳を凝らし、漆黒の髪を風に靡かせ、

「Kよ、私の学校新聞はどうなったの?」

「Kよ、私の意気地なしのあの児はどうなったの!」

「Kよ、どうして、あの底意地悪い生徒会顧問を追放しないの!」

「Kよ、どうして私たちは受験に振り廻されるの!」

「Kよ、ああ。Kよ。私はもう疲れたよ。私たちの持ち時間はどうして減らないの!」

「Kよ。Kよ。私には無能で詩人の父がいるのよ。私は恋をして、死にたかったわ」

意外に白い胸だった。ぐったりした乳房の上の乳首の黒が異様だった。あの人の姉がいた。私はその乳首にそっと唇を寄せてやりたかった。熱に火照った頬や、つかれたような燃える瞳が、私を感動させていた。

「私は幸せなのよ。ねェ先生。生徒たちがこんなに可愛い猫の写真や漫画を持って来て呉れたわ……」猫が好きで、猫好きは真の平和主義者だ、といつも、ひそかに犬の方が好きな私の前で、あの人は言うのだった。あの人の平和主義は誰も予想しない場面で成功した。どこか運動神経の鈍い彼女が、通勤途中の私鉄D駅で人にもみくちゃにされ、腕に擦過傷を負い、腕時計を壊された。彼女は駅長に掛け合い、今日以後、プラットホームでは順番を待つ行列を作らせることを提案した。駅長は、「なにせ、ここは労働者の町でして。それに係員が……」を繰り返すばかりであった。

「労働者の町だから、どうのって、ねェ、そうでしょう、K」と彼女は言うのだった。一ヶ月余、本線の駅長やら、ついには東京本社まで掛け合い、その手筈を取ることを約束させた。その日、ホームには真ッ白な電車を待つ白線が引かれ、列を作って乗るように呼びかけるアナウンスが流れた。見よ、労働者の町に、整然として電車を待つプラットホームが実現したのだ。私鉄D駅は今も整然と乗車を待つ人が並ぶ。「でも、もう駄目なの。ああ、姉さん、北枕にしてよ。お姉さん、先生、私はもう死ぬんだわ。先生だって、もう私を励ますことなんかできないんだから……。ああ、看護婦さん、北枕にして……」どこが痛いというのでもなかった。動かし難い重いものが彼女を襲っていた。なまじっか言葉を押し挾む余地はなかった。あの人は時に脈絡のない話に陥った。長い時間が経ったようでもあり、短い時間でしかなかったようでもあった。あの人は独力で体を捻じ曲げ、浴衣の寝巻の胸をはだけた。どうしようというのだったか？　私は、私の欲情にも近いものを迎えるためにも、そこを辞し去らねばならなかった。

　私が帰って、二時間もせずに、あの人の死の報せがあった。職場の元同僚に報らせ、葬儀の段取りのために、月もない冬夜を私は駈けた。最後の友人の家で、したたかに酒を呑んだ。そして声をあげて泣いた。あの人は腎臓炎だった。「あいつはよお、俺にキスもさせないで、死んじゃったんだ……」私はくどくどとそれを繰り返した。今も私の胸にあの悲しみはあって、と胸を衝く。きまって、あの白い胸のほしブドウのような乳首が想い出てくる。

　死を対極に置いて生きねばならない。そうでない、あくまで過程的でしかない思想などというものに、どんな力があろうか？　成熟するとはどんなことなのか、一点から死を背景に置いて円環状をなして完結しつつ拡がる、そんな視覚的にゼンマイ状に生きる精神を成熟というのだ、と思えてくる。しかし、その一点、それが私にない。死は無であり、その一点のない者は、無によって絶対的に退廃している。金も欲しい、出世もしたい、それもいいだろう。しかし、一点がなくてはならない。ああ、そのものの為に、どんなに俺は徒労の振幅を大揺れに揺れたのだったか。しかも、それ無しにはどんな振幅もついにはうす汚い相対の世のあだ花だ。あの深い愉悦が息づくところへ！

　私は片側を切り通しにした第三の細い坂道を走った。光の射さない日陰の道の空気は、束の間、肌に快い。しかし、足は棒のようだし、掌の円い脱力感は痛がゆいような焦ら立ちを与えつづける。坂は崖のふちの九十九折れに曲がって、ゆるやかに登る。最後の数十米が舗装もない、心臓破裂を起すような急坂になっている。私はそれに備え、リズムを崩さないように走った。数日前に芳香を放って咲き誇っていた崖の山百合が、香りも失せたのか、あの独特の強烈な匂いを送って来ない、と見ると花弁の幾つかが力なく萎れて残り、あとは散っていた。昨日、それはどうだったのか思い出せない。なぜか、私は見てならぬものを見てしまったような気がした。

三

「そうなんです。奥さんの顔を見ると、なぜか言えなくなってしまって……。決して嘘を言うつもりはなかったんですが」あれが三十二才の大学院博士課程を卒えて、一流企業のエリートの道を歩む男の言い訳だった。私が教師一年生で受持った生徒の優等生。中学を卒業しても、山に登り、湖に遊び、弟のようにも、子供のようにも可愛いがった。謂わば二十年余に及ぶ愛弟子。私はきょとんとしてその意味を、しばし、解し兼ねた。生真面目で、愛嬌のある輝やきを持つ小さなその目に、何の変りもなかった。多くの人の長になるには家庭の人でないと困る、と上司に云われた、と彼は言った。そこで妻はN子のPTA関係からの伝手で、これぞという人を世話したのだった。晴れ晴れと報告に来た彼を、私たちは心から祝福した。あれはつい二週間も前のことだった。妻は結婚式には何を着て行こうかとか、一度仲人役をやったことがあるが、もう一度冠婚葬祭のしきたりを読んでおく必要があるとか、先へ先へと気を遣った。それは私にとって有難いと云わねばならぬ仕儀のものであったろう。「とにかく、この人は私がいなければ生きて行く術を知らない人なんだから……」などと言って笑わせもした。そうであれば、仲人役を引き受けるというのは、私たちの一人合点であったかも知れぬ。幾日かして花嫁の両親から、某筋の有力者にそれを依頼したという報せを受け、妻は逆上した。

「私はそれをやりたいと言っているのではないのよ。当然そうなると思い、そのような口ぶりであなたも言っていたでしょう。ねェ、そうでしょう。私たちはあなたのお父さんが亡くなってから、ずーっと親替りのつもりで付き合っても来たものよ。それを何の相談もなしに……」と言い募っていた。

あれを見苦しいと思ったのだったが、そうだったろうか？　という疑念が湧いて来る。純に一途にそう思える妻をいとしいとなぜ思えないのか？　事は、いつも私の敗北を予想した姿勢につながる。

「ははあ、そうか。この男も俗な計算をしたのだ。それはそうなるようにできていて、俺に似つかわしいのだ」そう思ってしまう。だから、年と共に私は人を避け、よんどころなく人と交わる時は、ひそかに敗北を先取りした。悟り顔や、逆に武者振りのポーズを取る。悲しい性と思わねばならぬ。若き日の闘いの栄光の虚妄性が、ここにもあらわになっているではないか。真実何らの根拠無き闘いが育てた弱者意識と、その闘いの結果がもたらしたうす汚い老残の兆し、教え子すらも目をそむけたくなる輝やきのない人生。

「あっは、ひそかな深い真実を掘ることを忘れ、傲慢な振る舞いに及んだ罪業が、今、私を焼く。焼けてゆけ、焼けてすべてが灰になれ！　死が怖いか！　このマラソンはなんだ。無間地獄、焦熱地獄からの逃走、逃走だ」

第三の坂の急坂を前に、私の思念は乱れた。私は多くの死を見て来た。祖母の死、父の死、戦友たちの死、あの人の死、確実に死は来る。死は穢れてもいず、美しくもない。おお、私の死、早瀬の死、全地球上みんなの死。

「くそっ、みんな死ね！」私は急坂に挑むべくダッシュを試みる。今や、掌の中心部が熱っぽいむずがゆさが、握りしめようとする指の力さえ解体しつつあるのか、指が開いてしまうのがどうしようもない。見通しの悪い切り通しの坂道は頂きも見えず、あたりは妙に暗く静かだ。シュッ、シュッと心臓が胸郭を打ち破るような動悸をするたびに、咳が唇から飛び出て来る。と一瞬、あの感覚、愉悦が来るという期待が胸を掠めた——。

私はそれを家内にも黙っていた。五日程前の事だ。掌に脱力感は無かったとは云え、今日のように激しい肉体の抵抗を押して私は畑道を完走して、いつものように、同じ道をぶらぶらと歩いて帰宅しようとしていた。茜に焼けた空が、次第に暗い薄暮の空に刻々と変って行く様に、私は見とれていた。と、突然、ぐらっと目眩いがし、脚が萎えるのが分った。私は意識して路傍の草叢へ横ざまに倒れた。胃がひくっと引きつれたかと思った瞬間、私はにがい黄色の膵液を口からも鼻からも噴き出していた。眼を閉じ、どのくらいの時間を私は待ったのか？　次第に世界が微妙に変って行くのを私は予感していた、そしてあれが来た。その瞬間が来たのだ。あれは法悦としか言いようのない、深い内からの愉悦だ。世界はそのままに世界であり乍ら、私はそこにふわっと浮いて抵抗がなかった。それは生理的衰退から来る感覚上の現象に過ぎない、と言われ得る、と私自身、言えば言えたほど明瞭な意識を持っていた。しかし、私はそれが無上に有難いものの仕業に思えて涙が湧き出た。「これはなんだ、これはいつか遠い幼い日に一度だけ経験したことのあるものだなあ」と思いつつ、茜が遠く深くへ去る暗色の空を見つめていた。

私は身内の深いところでそれが再び来るのを慓えるほどに待った。しかし、今日、それは来ない。あの無上に有難い人は来ないのだ、と思えた。ダッシュは長続きせず、耳底に波のような血のさわぎが聴え、全身に熱い汗が覆い、気孔の全部が呼吸作用を停止したようなむっとする不快を感じた。視界が灰色にかすみ始め、ただ、いつの間に頂き近くに来たのだったか、草の緑が懐しい感情を伴ってはっきりと見て取れた。どこか、遠く、しかし、親しみのある声が、「ここで止まるのは敗北なんだが、それもいい、それもあの人のみこころのうちなんだろう」という囁きが聴えた。私はもっとはっきり事態を見極めたいと思い、重い眼蓋を押し開こうとした。すると視界の下、前方から大きな黒灰色のものがせり上って来て、見る見る頭上を覆い始め……。そして私は何も判らなくなってしまった。

（一九七四・一二・二九）

詩《うた》一つ

一

黒猫はちゃんと時間を知っていて、どこからかいつの間にか現われて来て、西村の足許に近づき、頭をさげて、身を摺り寄せて来る。抱きあげて頬ずりしてやりたい程に可愛い。だが西村には、倉庫を整頓し、戸締まりをし、乱雑な係員たちの机上を片付けてやる仕事が残っている。黒猫は途中から切れたような短い尻尾をぴんと立て、動きまわる彼のあとをついて来る。

「クロ、ジュッコロはどうした?」と声を掛けながら港に面した大扉を締めにかかる。もちろん、猫が答えるなど期待しているわけではない。ベージュ色に黒の斑点の入った仔猫の「ジュリー」は警戒心が強く、彼らの動きを物陰から窺っていて、彼がすっかり仕事を終り、ロッカーからキャッツフーズを出そうとすると飛び込んで来るのだ。

西村が資材課倉庫係に転属されて来た十年程も前には、この大扉は全身の力で左右に開け閉めする扉であった。今ではボタンを押せば自動的に上からゆっくりと扉が降りて来る。沈んでしまった陽の残照で、海は淡い朱に染まって、大きな黒灰色の船影が幾つも見える。降りて来る扉が視界を下へ下へと狭ばめて行く、そして港に続く草地しか見えなくなる。何年となくやって繰り返して来たこの風景が、彼にはこたえる。何故か訳の分らぬ悲しみのようなものが、胸を締めつけるからだ。今も、それが彼を自失させてしまう。そこへベージュ色の仔猫が飛び込んで来る。

「ジュッコロ」と彼は声を掛け、扉の闇が視界を覆うのを見ている。

野良猫たちは倉庫群の立ち並ぶこんな場所にどうして迷い込んで来たのか、クロもジュリーもふらふらと草地をやって来た。三年前、夏の陽盛り、やせてそそけだった黒一色の目だけが銀色の仔猫、それが「クロ」だった。西村が弁当の焼魚を与えると「ニャオン」と声だけは可愛気のある澄んだ声を出して、おそるおそる近付いて来て、舐めるようにして食べるのだった。

「西村さん、棲み着くと厄介だし、係長に文句言われるぜ、良い加減にしたら……」などと若い同僚たちに言われながら、

「でもね。可愛いじゃないですか」そう答えては、毎日餌を与えつづけた。それに黒猫は見目美しいとは云えなかったが、動作に愛嬌があり、人なつこく、特に彼には良くなついた。昼の休憩時間が終り、係員がそれぞれ仕事に付くと、いつの間に姿を消し、彼が帰り支度をする頃に再び現われ身を摺り寄せて来る。今ではクロは肥え、毛並みも黒々として、時には動作も精悍な黒い豹を思わせる程に堂々としている。倉庫係としては最古参の彼に一目置く立場の係長の中井も、仕事に支障がある訳でなし、倉庫内に棲み着く訳でもないから、内心ではどう思ったにしろ、文句を言ったりはしなかった。

恐らく内心では心よからず思っているのであろう。何故なら、猫は当初、休憩時間の係員たちの話題の一つだったが、中井に限ってその話に乗って来たことがない。

西村は、六郷工場、本社、そして再び六郷工場へと経理事務系社員として、一度も役職に付くこと無く、横浜倉庫に転属されて来たのだったが、その頃この港の見える倉庫は、何から何まで人手で搬入し、整理し、搬出すると云う仕組みの倉庫であった。もともと国内需要向けの二流の機械計器製造会社であったので、輸出向けに重点が置かれてはいなかったのでもある。しかし、日本の全工業生産の急成長は機械の中枢部たる計器の需要をも飛躍的に増加させた。それにつれて海外市場からの注文も拡大して行ったのだった。

それまで、いわば中高年の使い捨て要員で占められていた五名足らずの倉庫係に、若い技術者が配属されて、倉庫内はコンピューターシステムで搬入、整理、抽出できる移動式の大棚が配備され、倉庫内中央を二本のレールが敷設されて、完全自動化が完成したのだった。そうなるともといた要員は一人減り、二人減って、今では西村だけが残る仕儀になった。そうは云っても、彼にこの管理システムの全技術が了解出来た訳はなく、ただ部分部分の操作に慣れると云う仕儀であったから、おのずと彼の仕事は倉庫内整理係のようなものになっていた。若い係員はそれを少しも怪しまず、何かと彼を雑役夫のように使役した。旧制中学卒で、軍歴もある彼はもう定年すれすれの年令であった。その彼が、「西村さん、西村さん、これやって置いてよ」などと、自分の子供のような係員から後片付けのような仕事を押し付けられ、いつもの無表情な顔で、

「いいですとも」と言って引き受ける。だから誰もいなくなった広い倉庫で最後の片付けを終ったと

ころで、ロッカーからキャッツフーズを出して来て、猫たちに餌をやる。

仔猫のジュリーは七月の長雨のある日、泥と見紛うばかりのうす汚い姿で草原からヨタヨタとやって来た。生まれてからどれ程の日数も経っていない赤ん坊猫と思われた。「ニャオ、ニャオ」とは鳴けず、「キイ、キイ」としか鳴けない、声帯でも病んだ猫のようであった。雑布で拭いてやると全身泥まみれと見えたのだったが実は泥に近いベージュ色の猫であった。若い技術者の係員が、「こんな色の猫は外国種の血が入っているんだ。それに外国種の奴には鳴けない猫もいるって聞いたことあるなあ」と言った。すると、横溝と云う新卒の係員が、

「そうか、こいつハーフなんだ。そんなら、名前もジュライに来たから、ジュリーってのどう？　粋でいいと思うな」などと、西村がこの猫も飼うのは当然のように言ったのだった。翌日彼はペット店で猫用ミルクを買って、ジュリーを待ったが、ジュリーは来なかった。ジュリーが小雨降る中を倒れそうに「キイ、キイ」と鳴きながらやって来たのは三日程も経ってであったろうか。餌を食べているクロの尻尾に怖れ気もなくおチョッカイの手を出し、キョトンと様子を見る仕種を繰り返し、みんなを笑わせた。西村がブリキの小皿にミルクを入れて与えると、ペチャペチャと平らげてしまった。今ではジュリーもキャッツフーズだが、食器を別にしてもクロの方へ押しかけて食べる。クロは「ウー」と唸るけれど、何もせずじっと座って見ている。精悍な姿に似ずクロは気が弱く温和な猫なのだ。しかもクロはオスで、ジュリーはメスなのだから「猫も見掛けによらないんだなあ」と彼は思う。猫を飼って見て、猫にも感情や要求があり、それを鳴き方や仕種で表現していることが分って来た。クロは抱かれたい時には、何とも云えぬ甘い声で上を向いて「ニャオーン」と鳴く。ジュリーは絶対に抱

かれることを嫌い、それでいて彼の周辺から離れたがらず、体を撫ぜて貰いたいと地面に背中を付けてゴロゴロする。人気無い倉庫群の周辺で彼らは夜をどんな風に過すのだろうか？　西村は淡い街灯の光のビルの谷間を横浜駅へと向っていた。この時間になると風は陸から海へと吹く。師走の内陸からの風は冷めたく襟元が寒い。オーバーの襟に顎を埋めて、

「さて、どうしたものか？」今夜、彼には一つの迷いがあった。

今日二時頃だったろうか？　資材課長から電話の呼び出しがあって、倉庫とは別棟のこれも完全自動化した資材倉庫内に課長室はあった。「西村さん、これは内示ですがね。本社の調査室勤務と云うことで、来春からです……」課長落合は肉の厚い、しかし端正なと云える顔で西村を覗き込むようにして言った。河武計器株式会社では奇妙な仕事の係同志が抱き合せになって一つの課が構成されている。例えばこの資材課は資材係と倉庫係と抱き合せである。これは一介の町工場から身を起こした先代社長以外には解らぬ思惑から来ていた。いずれにしろその結果、資材課長は資材購入や完全自動化された倉庫の責任者として大きな権限を持ち次期部長候補筆頭と噂されていた。それを自認するかのように落合は、

「そうすれば、来春は、昔のように二人とも本社で始終顔を合せられると云う訳です。ハッハ、これはまぁ、内緒の話ですがなぁ……」と言ったのだった。西村はあの時、苦いものが胃からこみ上げるような気分に襲われたのだった。落合は彼の本社勤務時代の直属係長であった。

「少し、考えさせて下さい」と言って課長室を出たけれど、内示は決定と同じ意味であった。内示を断われば会社を罷める覚悟が必要なことは彼も知っていた。

定年まで、あと二年。今になって本社調査室などへ行って、何をやらせるつもりなのか？　倉庫係にしろ、調査室にしろ、使い捨て要員、嫌なら罷めて下さい、と言わんばかりの閑職なのは社内周知の事実だ。勿論、現在では一流企業となった「河武」が倉庫の完全自動化を完成し、むしろ倉庫係は全生産工程の先達として脚光を浴びるようになったとは云え、それ以前のこととして、倉庫係の同僚たちの呆けた表情をどうして彼に忘れることが出来よう。いやむしろ、現在の彼はその生き残りでしかない。その上に技術から疎外された阿呆じみた表情すら漂わせて、広い倉庫を右往左往するばかりではないか。

一方では調査室と云うのは、ここでもまた、市場調査係と社史編纂係とが抱き合せで、社史編纂係と云うのは同じ使い捨て要員でもともと役職経験者の溜り場と噂されていた。「不要品の格上げ、格上げされた不要品だ」労働に明け暮れた節くれだった手をポケットの中で、彼はそっと握りしめてみる。「とにかく、妻に相談しなくては……」と、ふと習慣になった思考が浮かんだが、「あっは、いない。妻は死んだ……」そう意識した時、まるで重力のない闇の空間へころげ込んで行くように感じて、身をのけぞらせた。

彼の妻は三年前、脳溢血で倒れ、入院中に乳癌が発見され、切除手術中に転移箇処が発見され、体力恢復を俟って再度の手術を行ったのだった。しかし、あらゆる手だても空しく、枯木のようになって世を去った。気丈な妻であったから、苛酷な闘病生活でも弱音一つ吐いたことがなかった。それだけ一層のこと、西村にあわれの思いは強かった。そういう妻だったから、家計はもとより、家事万端を委せっきりにしていたから、先立たれた以後の彼の生活は惨憺たる有様で、もともと現実的に少し呆けたようなところのある西村だったから、食事一つが思うに任せないのだった。今夜もいつもの大衆食堂で銚子一本で定食で済ますつもりで、駅北口の繁華街を目ざしていた。街路樹の枯れた残り葉が風に舞って、車道をカサカサと、意志あるもののように走って行った。

行きつけの大衆食堂は混み合っていた。そこで彼は小料理屋「若月」に入ってしまった。

「あら、西村さん、久しぶり……」と小肥りの内儀が声を掛けてきた。

「やぁ、この間はとんだ迷惑を掛けちゃって……」

「あら、あんなこと、気にしないで」

「お銚子二本、それに何か見つくろって貰うかな」

カウンターが満席だったので、彼は奥のテーブルに席を取った。

「冷えますねェ」とカウンターの奥から頭の禿げた主人が言った。

「冷えるね。ここらはまだいい。倉庫は浜ッ風がまともだからね。こたえるよ」と返しながら、

「ああ、それはそうと、この前は本当に済まなかったねェ」と、つい半月程前の、俳句同人会の流れの席で、若い同人があわやのところで実力行使のところまで行きかけた声高の口論を詫びた。あれは現在彼が座っているテーブルの前のテーブルに座った若い同人たちの諍いであった。同人と云っても俳誌「風土」の編集同人で、総勢七人のうち比較的年輩者四人が現在彼の座っているテーブルに集まり、若い二人と実質上の編集責任者である上原の三人が前のテーブルに自然に分れたのだった。雑誌編集という気骨の折れる仕事を終ってほっとして暫らくは閑談がつづいていたのだったが、何故、色白で普段は俯目勝ちの村越が突然、

「馬鹿野郎‼　だから花鳥風月だの、第二芸術論だの、言われるんだ。それじゃ老人子供の遊びと同じじゃねェか」と細く高く喚めいて、目を据わらせていたのか解らない。

「よせ、よせ。今更ら第二芸術論だなんて、青臭いぞ」と、これは上原の半ば嗄枯れた声。「青臭い？青臭くなくて、何が文学なんです」と村越は絡んだ。

「うるせえな、表へ出ろ」と、普段は余り喋らないずんぐりしたもう一人の若い同人が、すっと椅子を引いて立った。上原があれをどうあしらったのだったか、もう西村の記憶にはない。座は白らけ会は流れた。生酔いの気分のままで混み合った横浜線に揺られながら彼は、村越があんな風に言いたい気持ちが分らないではないなぁ、と思ったのだった。

俳誌「風土」は創刊三十余年の歴史を持つ、俳誌としては珍らしい宗匠のいない雑誌であった。しかし長い間に寄稿者、同人、編集同人の階層化がすすみ、編集同人は雑誌掲載句の取捨権を握っていて、編集同人七人のメンバー中五人までが西村のような年輩者によって占められていた。若い同人から見れば、それは斬新なものを寄せ付けず、マンネリ化し、「花鳥風月」の具と化しているようにも映るのであろう。

「それだけではない。それだけであるわけはないなぁ」と西村は思う。若かった時の彼自身が、大げさに言えば生きることと歌うこととを一如と考えたい志向に導かれて俳句をつくり続けたとも云えるからであった。そして俳句にはついにそのような境地へと至り得ないのではないか、と云う疑惑が現在の西村の心の底に蟠っていた。今も彼はそんな思念にとらわれながら盃を重ねていると、「先生、もう一本付けましょうか？」とついぞ見たことのない中働きの女が寄って来た。

「あれ、ヨッちゃんはいないの？　それに、先生は無いだろう。俺は倉庫番、倉庫番の西村です。よろしく……」と半ば冗談めいて、一方では半ば律儀に自己紹介をしたのだった。それは女がいかにも素人で、何処にでもいる主婦、主婦がアルバイトに来ましたと場違いな感じを抱かせる女だったからだ。

「ヨッちゃんはやめましたよ。あの娘、いい人が出来たみたいでね」とカウンターの奥から内儀が言った。

「いい人かぁ、ヨッちゃんがねェ」とカウンターの客が、いかにも感に堪えた風に言ったので、ヨッちゃんを知っている客は皆笑い出してしまった。女は目の大きな円い顔で、皆の笑いに同調も出来ず、不器用に彼のテーブルの傍に突っ立っていた。

「それじゃ、あと二本、それにあじのたたきを」女は救われたように、

「ハイ」と答えてカウンターの方へ行った。ヨッちゃんは愛想のいい娘だった。酔客に請われれば、半ば得意になって、頭の天辺から声を出すようにして演歌を歌った。馴染になると何処へでも付いて行きそうな危うさがあった。不用意に男に近付いては泣きを見る。暫らくはこの世もあらず萎れているが、何時の間にかけろりと元のヨッちゃんに戻る。そのヨッちゃんが、妻を失った西村に、

「あたし、西村さんにご飯作ってやろうかな、今夜一緒に帰ろう」などと言ったりもした。

西村のテーブルには何時の間にか銚子が六本も並んでいた。彼は遠くを見るような目で、俳句へと近づいていった頃を想った。

京浜工業地帯を貫流する多摩川が海に注ぎ入ろうとするあたりの東京側の土手近くに、河武計器株式会社はあった。見事と云う他なく工業地帯が焼土と化した中で、「河武」ほか二、三の工場のみが焼

け残ったのは何故であるか解らない。恐らく風向きが突然変化したのでもあったろうか。「河武」は戦争中海軍工廠の下請け工場として計器類を製造していた従業員三百人に満たぬ中規模会社であった。戦後の再出発にあたって「河武」はその設備と技術を使って、あらゆるものが不足していた時代に、水道のメーターから、怪し気な火縄式のライターまで何んでも作れるものは作って売った。そしてよく売れた。しかし原材料の不足、高値、要するにインフレは利益を小さくした。人員整理は必至であった。海軍兵学校を一年で廃校させられて西村が親類筋の紹介で入社したのはそんな頃であった。もともと「河武」一族の支配する個人企業の体質を持っていたから、会社は一方では首切り、一方では縁故採用と云う矛盾したことを平気でやるのだった。

当然西村の立場は微妙なものになった。いち早く「河武」にも労働組合は結成されていたし、組合は首切り反対に立ち上がっていた。その闘争の芯には共産党フラクがあり、彼らはマルクス主義と云う堅固な理論で武装していた。彼も首切りには反対だったが、事実上崩壊してしまった皇国史観をどう抜け出す術も言葉すらも持ち合せてはいなかった。一挙に価値観を崩壊させられてしまった彼の心には大きな空洞が出来、その空洞にはひゅうひゅうと虚無の風が吹き抜けていた。その頃に読んだドストエフスキイの主人公のように、

神がなければ全てが許されてある

と、彼も言い得る男であった。だからその空洞を放置して置く限り、彼は空しさに圧倒されその場にへたり込むかと思えば、一転して兇暴な無頼漢にもなり得ると云う実感を生きていた。それを彼は自ら「凄惨な俺自身」と呼んでもいた。自分の世界を再構築する必要があった。しかし、故郷の疎開

先で、父は過労に倒れ、母と姉妹たちがかつがつ小さくなって親戚の厄介になっていた。進学費用なぞどう捻出しようもなかった。

「あの頃、俺にとって一番必要だったのは、自壊する不定形な心を固く縛ることだったのだな」と思える。俳句でも、短歌でもそれは良かった。定型の鋳型の中で歌う。形式に沿って表現できぬ精神なぞに客観的な世界で通用する自我は創れない、そう思ったのだった。やがて大学を卒業し高校で国文教師になる中学同級生の上原を説いて俳誌「風土」を作った。あの時のように西村は俯せた目の底を熱くして盃を重ねた。カウンターに客はまばらになっていた。

「内儀さん、また来ますがね。もしヨッちゃんが来たら、これほんの心ばかりだ、渡して下さい。突然のことで祝儀袋も用意していない……」とちり紙包みを差し出した。

「あら、そんなことして貰っちゃ……」

「いいんだ。ヨッちゃん、こんどこそ、いい人つかまえるといいがね」

「ほんとにねェ、じゃ折角だから……」

「若月」を出ると師走の繁華街に人並みは多く、彼は細身の体を真直ぐにして人を分けて歩いた。なんだか自分が若くなったように思えるのが妙であった。結局、彼は「河武」を罷められないのだったら調査室勤務を承認する他ないのだ、と結論を出していた。

二

西村の転勤が確定したのは三月に入ってからであった。今年は暖冬と言われながら浜の風はまだ冷たい。クロはジュリーと違ってもう大人の猫だ。始終飛び回わって動くものにじゃれついたりせず、のっしのっしと歩いて来ては倉庫の壁近くの陽溜りを探しごろっと蹲まる。はじめは赤い舌を出して四つ足をまるめて丹念に舐め、次には体中を舐める。猫は本来清潔好きなのだ。やがて体をボールのように丸め目を細めて眠る。彼が見ていても少しも警戒しない。時には体を摺り寄せて来て足許に蹲まろうとさえする。しかし猫たちは自分の好きなようにしか振舞わない。人間が気まぐれに抱いてやろうなどと思っても、その気になっていない時は、執拗に身をくねらせ四肢を突張って逃げる、あるいは歯をむき出して怒る。要するに猫は高貴で、独立心旺盛な動物なのだ。

「猫をどうしよう」と彼は転勤の内示があった時から何回も考えて来た。若い同僚に頼んで行くしかないのだが、誰に頼めばいいか迷ってしまう。いずれも大学出の秀才技術者で、彼らがみんな取り付きにくい人種に見えてしまう。今日も「いずれまぁ、誰かに……」と思いながら製品搬出の作業に取り掛からねばならなかった。

製品は全て「SR二〇〇」とか、「KM五〇三」とか記号化されていて、制御装置のボタンを操作すれば、その製品の棚が自動的に下段へ移動し、要求された箇数を前へ押し出す、と云う仕組みになっている。それを箱詰めし、ジョイントで封をし、予め印刷された宛先のラベルを貼付し、倉庫内中央を走るトロッコに積む。倉庫前で待つトラックに積み替えるのは運送業者の仕事である。搬出入の記帳、立会いは係長と次席が、制禦機の操作は若い技術者が、箱詰めからラベル貼付までが西村と技術者見習いの新人社員二名とで受け持たれていた。今日は「SR二〇〇」の搬出が多く、それは低開発国向け医療用計器であるぐらいは彼にも解る。そして近頃はめっきり米国向け輸出が減少しているのは円高為替レートのためである。

計器類は大きなものが少なく、金属製と云っても一つ一つは比較的軽い。しかし一つの木箱に納まるとずっしりと重く、定年間近の西村には、全身で受け止める程持ち重りのする作業であった。彼はもう十年もの間この作業に従事して来ていた。しかし、倉庫内がこのようにも自動化されていなかった時の方が、仕事は格段にきつかった筈であるのに、楽しかったと感じられるのは何故なのか？

浜風に身を起こしたるこぶしかな

その頃作った彼の俳句だった。労働に立ち向う気慨のようなもの、その奥に何ものかに対する抗いのようなものを、浜の公園で見たこぶしに託して歌ったのでもあった。勿論、彼はその抗いのこぶしに自身を見ていた。

「西村さん、もう本社行きでしょう。そんなに張り切らなくていいんじゃない」と、荷積みをしている後から、横溝が声を掛けて来た。度の強い眼鏡を外してハンケチで拭っていた、むき出しになった裸眼が笑っていた。

「ああ、一服しようかね」そう言いつつ、もう一人の同僚に声を掛け、三人揃って事務机の方へ歩いた。

「俺、コーヒー入れるからね」と横溝は言った。事務机中央で書類を片手に持って読んでいた係長の

中井が、

「西村さん、ちょっと……」と声を掛けて来た。傍へ寄るとポマードが匂った。

「実は、課長がね。西村さんの送別会をやりたい、と言っているのだがね」

聞くところによると課長は今年の人事異動で部長昇格から漏れたようであった。西村は課長落合なぞに送別会をやって貰いたいとは思わなかったが、しきたりを破るいわれも無かったので、三月〇日を空けておく約束をした。

朝鮮戦争から高度経済成長期へ河武計器株式会社は、あらゆる計器類に手を出し、それが当った。特にもともと海軍工廠直属工場であったことから、敗戦になって元海軍技術将校が会社役員として天下りしていたから、朝鮮戦争では米軍の、のちには自衛隊の軍用機計器を手掛け、もう一つは先代社長が電電公社の電送機用計器を引受けて来た。これらが会社が飛躍的に大規模化する原因となった。「河武」はもはや一流企業となり、東京新橋に「河武」ビルを構え、全国八大都市に支社を置く大企業であった。六郷工場から経理担当も本社へ異動した。その人事異動で、万事につけ、目から鼻へ抜けるような気転の利く落合は、西村より後輩であったが、彼の直属上司係長となっていた。

西村は六郷工場時代に事務部を代表する組合執行委員をやっており、軍需品生産に対する反対をもっとも尖鋭に打ち出す一人であった。その主張は六〇年安保闘争において河武労組を戦列の前面に押し出させる原因になった、と囁やかれた。元軍人であった彼の自然の声でしかなかったが、会社は彼を危険人物と見做すのに躊躇しなかった。

本社異動人事で落合が係長になったことは、それ以後の西村の勤務をぎくしゃくしたものにした。

経験上一日の長がある彼は落合の下で当然次席係員であったが、彼の意見はいつでも重大な局面で、「西村さん、これは会社の意向ですから……」と押し切られてしまった。そして何時の間にか次席の彼は係全体の仕事の流れから陰微に浮き上ってしまっていたのだった。恰度それは矢鱈にガラスの多い本社ビルの建物が、彼にとってよそよそしく、時には彼を拒否しているとさえ見えるのに似ていた。

季節によって彩りと風貌を変える多摩川土手が懐かしくなり「矢張り生産の現場に近く」と思い決めたのは、本社勤務後わずか三年でしかなかった。それからは長く製品出納事務を六郷工場で過すことになった。

その間彼の直属上司は何人交替したのだったか、今ではそれすら定かではない。いつも平事務員として彼はそこにいた。そして現場職員と彼は馴染んだ。そこで変貌激しい技術の変化と、それにふり回される工場労働者のあり様を、彼は眉をひそめて眺めて来た。中でも臨時工、パート労働者たちへの処遇の冷酷さに、背筋に悪寒の走る思いで凝視させられてしまう。だがそれあっての「河武」一家の繁栄が保証されているのであり、正規社員はだからこそ「河武」に忠誠を捧げざるを得ないのでもあった。昔、西村がその青春を国家に捧げようとしたのに似て、今は忠誠の対象が企業になっただけのことであった。労働組合としては戦争に反対であっても、わが「河武」でミサイル発射用照準器を作るのに何の支障もなかった。

旧海軍将校の役員の多いこの会社で、元海兵学校生であった西村が狷介な人物でなかったら、役付社員になれる伝手を容易に見付けられた、彼はそれをしなかっただけではなく、当時社運を賭けていた軍需品生産に反対さえもした。

当然平社員の彼に収入は乏しく、今は独立した一人息子を育て、横浜郊外に家を求めたローンを、妻のいろいろな内職やパートで補った。気丈な妻は働くことに不平を言ったのではなく、むしろ男と対等に働けないことに、彼が役にも立たぬ本を惜し気もなく買って来ては読み耽り家事一切を押しつけ、一人前の人間として社会に出て行けないことを詰った。不器用なだけでなく、戦前に育った彼には自然に家事をやる習慣は身に付いていない。意識してやれば大仰になり、ヘマをやった。

「うーん、仕方が無かったんだなぁ」と、幾分背を丸めた形を意識しながら、海に向った倉庫入口横で、猫に餌をやりつつ、内心で苦笑していた。昼休みになって、気懸りになっていた調査室勤務の人事の筋道を解こうとして、解けぬまま、考えは死んだ妻のことへと外れて行ったのだ。

六郷時代、晴れた日にはいつも散歩をする土手沿いの小学校のグランドで、児童と遊ぶ頬の赤い女教師を見た。その日から散歩は彼女を見るという目的を持つようになった。散歩仲間にこの目的を隠くすのに苦労をした。そのむずがゆいような恥らいの感覚が、今も彼の身内を火照らせるのが奇妙であった。彼女は東北の旧家の出で、結婚に漕ぎ着けるのは容易ではなかった。彼が中学卒でしかないことにも況して、軍人の学生であったのに、きびきびした頼母しさが失われていた。彼の父は「あれでは世の荒波を渡っては行けまいが」と言った、ということであった。戦後の荒廃の中で彼は懐疑と内省の人へと変貌してしまっていたのだ。結局二人が結ばれたのは彼女の意思であった。彼女は新しい時代の子としてひた向きに生きようとした。だから生まれた息子が腺病質な子で無かったら、共稼ぎを続け「結局、女は男の付属物みたいね」と不平をこぼすことも無かったかも知れない。一個独立した社会人として全うさせてやることの出来なかった彼は、

「もういい。もういい……」と冷めたい手を握りながら、病苦への闘いと、彼女の人生の痛苦とに詫びねばならなかった。

妻逝く、空に満ちたり　一点鐘

現実に彼は「一点鐘」を聴いた。以後彼は破砕した生活を生きているようにも感じていたのだ。ふと空を見上げると底が抜けたように晴れていた。いま彼はその紺青の空に微塵となって溶け入りたいような悲しみに耐えた。ジュリーはどこかへ行ってしまい、クロだけが彼の傍で横這ってゴルフのステッカーのように丸めた掌を舐めていた。春の気配はあっても凪は冷めたく、同僚も猫を眺めには出て来ない。丸めた背中に老人らしさが漂った。なぜ調査室勤務なのかということも、今ではどうでも良くなっていた。悲しみと云うよりは、かすかな痛みを伴った空しさを抱いて、昇天するか、いつまでもそこに蹲っていたいだけであった。

三

猫は、クロを西村が家に連れて来ることとし、ジュリーは名付け親でもある横溝に預けた。横溝は猫が嫌いではない筈だが、

「俺も老人臭くなっちゃうな……」と皆の手前仕方無さそうに引受けた。

しかし、野良猫の悲しさ、クロは一週間と家に棲み着かなかった。西村が出勤中、用便で出たがるクロのため鍵を掛けないでおいた台所の窓を開けて出たまま帰らなくなった。夕暮れの中を「クロ、

クロ」と呼びながら探したが無駄であった。もしやと思って横浜倉庫へ電話したが、「クロは来ませんよ。逃げちゃったの？　へええ、いやジュッコロは元気ですよ……」と云う横溝の返事だった。それから四日程もクロ探しを続けたが一向に姿を見せず、新しい勤務で疲れているので打ち切ってしまった。

「西村さんは俳句をやったり、随筆を書いたりしていなさるのでしょう。その筆でわが社の歴史を書いて、未来のわが社の展望のよすがになるようにして欲しいですわ。まああくまでも思想を健全に持ってですね。さすれば、人生こういう晴れの日もあろうと云うものですな……」と二代目河武計器株式会社社長は言ったのだった。一代目とは顎が張っているところが酷似していたが、眼光の鋭さに欠け、どこからどこまでスマートな風姿をしていた。そこに何やら退廃を隠し持っているように感じたのは西村の思い過しだったろうか。それはそれとして、どうして俳句をやったり、随筆を書いたりしているのが解ったのだろうか？　彼は若い時からそれを会社の誰にも明かしてはいないし、発表するのは全てペンネームであり、句誌は世に知られるような雑誌では無く、ほんのささやかな同人誌に過ぎない。それに、

「あっは、思想を健全に持って……」とは笑止ではないか。語るに落ちるとはこのこと、お陰で調査室勤務の謎が少しは読めて来た。残った謎は誰が西村の俳句づくりを知っていたのか、と云うことであった。それは今では誰でも構わなかった。広い社内だ、同人の誰かが社員と付き合いがあればすぐ知られてしまう。「隠すは現れるに似たり」だな、と彼は思う。むしろ、長い年月、これはと思える

詩一つ無く、いまだに初心者のようにしか思えぬ俳句しか作れず、無明の詩論に耽っている自らを愧じる思いにさせられたのがこたえた。それこそ資質を別にすれば「思想」と精進の欠如以外の何物でもなかった。

調査室は意外に明るく活気に満ちた部屋であった。ビルの南西の角にあって、その二方は大きなガラスが壁になって空に開けていた。それだけでなく春だというのに白いワイシャツ姿の社員がきびきびと動いていた。彼らは調査係員たちであった。社史編纂係はガラスで二方に開けた奥を占めていて、暗いじめついたところを少しも感じさせず、静かな中にも権威ある者たちの雰囲気を漂わせていた。きちんと背広を着こなした彼らに室長から紹介されながら、西村は彼らの中に幾人かの旧知の顔を認め、笑顔を送りさえした。彼は何かしらほっと救われるものを感じた。

翌日の社史編纂係会議は室長同席の上で開かれ、そこで彼が今まで予想していたこととといささか違うことに驚かされたのであった。第一には、「河武」は今、社運を賭けて海外に支社創設を企図していた。それは為替レートが天井知らずに円高を示し、輸出の低迷を打開しようと云うのであった。第二にはその準備として重役会議直属の諮問機関として調査室を設置し、調査係は販路の究明、製造コストの予想、進出先における設備投資の概算の究明などを行う、社史編纂係は社史作成を名目として厳密に「河武」の資産、技術、生産システムの究明を行い、海外進出後の簡素化された姿をスケッチする、両者の究明を俟って重役会議は進出を決定する、と云うのであった。あの古武士のような独特な人物である先代社長がいつも社運を賭けて飛躍変貌させて来た「河武」の、調査室とは方向転換の可能性を打診をする係であったのだ。社史編纂と調査などと云う奇妙な仕事の抱き合せの秘密はそこにあった。「成る程なぁ、社史編纂係の面々にじめついたものが感じられなかったのもこのためか」と西村は思う。しかし、「それはそうとして、そんな途方もない仕事のどこでどんな仕事が、俺に出来ると云うのだろうか?」と西村は不安になっていた。それを見透すように、彼の本社勤務時代の経理課長蕪木が、

「西村さんは私と組んでいただきましょう。そして「河武」の管理体系の簡素化に取り組む訳です。もちろん、現在までの経緯と厳密な現状把握が先決ですがね……」と、金縁眼鏡の元経理部長は言った。

「よろしくたのみます」と彼はほっとした思いで頭を下げた。

会議は夕暮れになって終った。蕪木が寄って来て、

「今夜付き合え」と言った。窓に幾つもの灯りがついている本社ビルを背にした時、本社時代の重苦しい勤めが終って会社が退ける時のあの解放感がふっと甦って来た。

蕪木が案内した小料理屋は新橋と云うよりは浜松町に近い店であった。二人はそこまでぶらぶらと黙し勝ちに歩いた。小綺麗なその店では、蕪木を見るとすぐ奥の小部屋に案内した。テーブルに付くとすぐ、

「貴様、何にする酒、それともビール?」と蕪木は言って西村を驚かせた。

「貴様はないだろう。まあ、酒にするか」

「あっは、驚いたな。実は俺も海軍出だよ」と蕪木は金縁眼鏡の目を細めた。海軍では仲間同志では「貴様」と呼ぶ慣わしであったのを西村は思い出した。

「俺はね。この通り目が悪い。ほんとは貴様のように海兵に入りたかった。仕方が無くて海軍経理学

校さ。貴様よりは一期上だ」

「あーあ」と西村は肯きとも驚きとも取れる声を出した。

「だからな、貴様のことは六郷で経理をやっていた時から気に掛っていたんだ。実に要領が悪くて、組合で暴れたりな。先代社長も貴様の処遇には困っていたよ。あっはは……」

「…………」

「実はな、貴様をここに呼ぶように画策したのも俺だよ。実に苦労した。はっきり言ってセールスポイントが無いんだな。奥の手を使ったさ。文筆の方では少しは知られた男だなんてな」

「どうしてそんな事を……」

「実はな、貴様の生き方が妙に気に掛るんだな、これが。俺だって学生時代には思想的に揺れたよ。何しろ兵隊帰りだ。会社へ入って見ると西村って変な男が、尖鋭な姿のままで立ち枯れているってな、思ったもんだよ。でも俺はリアリストだ。社会人になったらそこで生きるしかない。そういう覚悟はちゃんと大学卒業の時にして来たんだ。でも、そうではない貴様がいる。そのうち落合係長とそりが合わず、六郷へ戻った。貴様という人間をもっと知りたかった。それだけだよ。だがな。重役候補から外されるまでは、貴様という人間を遠くへ押しやっておく努力をしていたようなものだがな……」

二人は晩くまで飲んだ。蕪木は何度も、
虚無の夏陽《ひ》の耐え難きかな　戦熄む
と、若書きの西村の俳句を言っては、あれ以後の日本の繁栄などと云うのは、文化的アイデンティティを喪った、虚無思想の上に咲いたあだ花に過ぎんのだ、などと力説するのだった。

それから十日程して、俳誌「風土」の編集会議が開かれた。何時もむずかしいのは投稿句のどれを落とし、どれを取り、どれを佳作、特選句とするかだった。入選、佳作までは編集の中心に立つ上原の意見に異を唱える者はまずいない。しかし特選句となると必ず異議を唱える者が出た。だからといって簡単に編集同人の多数決で決める訳には行かない。理のあるところに服さなければ大切な何ものかを失う。

サルビアの朱よ　日旺の　コーヒーの

と、その句は斬新に歌っていた。そうだ、このようにおのが精神に形を与えることで、この作者は次の段階へと飛躍出来て行くんだ、と西村はいつも観念に縛られた抽象語の多い自らの発句の拙さを想った。ところが一方で、この句は作者自身の精神を浅いところで流してしまっている、斬新に見えるのは、目立たぬ感覚を取り上げ、語句の運びの目新しさに依存しているに過ぎない。詩精神において低いと言うのだ。例によって色白の村越が俯目になったまま、執拗にそう言うのだった。宗匠を中心に集まった俳誌集団ではない悲しさ、このような時になると水掛け論に延々と時間を費やさねばならなかった。西村の思念は話合いから外れて行った。

妻は逝き猫失す庭の藤菩薩

と、数日程前に発句していた。我ながら拙い句でしかないと思うのだが、紫色の長く垂れた藤の花房が、手入れもせず荒れて行く一方の庭に、しっとりした重い影を作っていた。そして自然がめぐって来て花咲くべきものが咲き出て来たことにほっとする思いがあった。

たまの休みに掃除、洗濯、植木の手入れと、そんな気にはならない。雑然とした部屋にじっと端座していて、それで別段何を考えるでもないのだった。時には息子夫婦が訪ねて来て、「父さん何をしているの……」と言われて、始めて傷ついた獣のようにただ蹲まっていただけであるのに気付いたりした。彼は今、村越のくぐもった声を聞きながら、「そうか、明日は徹底的に家を片付けるぞ」と思った。そして俳句に托身しながら、ついに円熟から見放されているような境地から、どう抜け出せるだろうと思案し始めていた。

文飾ではない会社の現状分析に価いする社史を作ると云う仕事はその骨組みを蕪木が作っていたとしても、大変な労力を要した。今日は「若月」で上原と会う約束があったのに退社する頃には街は既に暗くなっていた。

顔の円い目の大きな工藤さんの案内で二階の小部屋に入ると、上原は一人で飲んでいた。「やぁ、おくれたかなぁ」「いや、それ程ではない。まぁ一杯」とビールを差し出した。彼はコップに受けて一息に飲み干した。

「で、用と云うのは何かね」と上原は言った。西村はコップを置いて、ぽつりぽつりと同人をやめたいこと、俳句そのものをやめてしまいたい旨を喋った。西村は短詩定型の表現で、ついに自己救抜の試みが完成できそうにない、と云うことを過不足なく説明できそうにもないことにいら立つ思いがあった。途中「うん、うん」と聞いていた上原は、暫らく思案していたが、「月花や四十九年のむだ歩き、こういうのが一茶の句にあるんだがね」と言った。

「ほう、一茶でさえがねェ……」

「そう……。むしろ、一茶だからと言いたいのだがね」

「うーん、四十九年のむだ歩き、か。俺は五十九年のむだ歩きだったなぁ」

それから二人は沈黙してしまった。

そこへ円い顔を上気させて工藤が料理を載せた盆を持って入って来た。

「あら、先生方、今日はお静かなこと」

「先生はやめて下さいな」と西村は神経質にまた言ってしまった。

「西村君、この人はね。私たちのことを知っているんだよ。それだけじゃない。この人は「風土」の投稿者なんだ」

「ああ、それは……」

「それにね、君がいつだったか、佳作になったこの人の句をエッセイで、特選に価するなんて激賞した人だよ。ほら……。あの……」

「しかも、同人会の流れが、いつもこの「若月」だってのを、ここの内儀が近所だから聞いていたんだ」

「ああ、それで……。先生なんて……」

「すみません。それで西村先生に叱られて……」と彼女は笑うと円い顔をさらに円くさせるのだった。

「で、俺が取り上げた句と云うのは……」

「工藤さん、あの句を言って見ませんか」

「いいえ、そんな、立派な句なんかじゃありません……」そう言うと彼女は恥しそうに下へ降りて行ってしまった。その姿になんとも言えぬ華やぎを西村は感じた。上原はその後姿を見ながら、早くに夫を失くした人だと何故か付け加えたのだった。結局西村の「風土」退会については強く再考を促す、と云うことで二人は別れた。

満員の横浜線の中で、上原に済まない、という思いがせり上って来ていた。上原は結核で胸郭切除手術を大学院研究生の時代にしていた。研究者としての道を断念し、実作者としての道を踏み出した時、彼が、

「今は宗匠を求める時代ではない。何もかも新しく創造する以外、信ずべき何があるんだ」と強く主張して、「風土」を創刊したのだった。彼は新しい俳句の旗手として世に認められていなかった訳ではないが、もっと広い大海を遊泳する才能であったかも知れないのだ。

家の中はひんやりとしていたし、何だか黴臭かった。背広のまま棚からウイスキーを出して煽ったが、妙に頭が冴えて来るばかりだった。書棚から「風土」を出して工藤の句を扱ったエッセイを探したが見付からなかった。そうしている中にひどく疲れが出て、シャツのままでベッドにもぐり込んだ。

翌朝彼は起き上れなくなった。寒暖定まらぬ春の気候と転勤の気疲れから風邪でも引いたらしかった。熱があるのやら無いのやら悪寒に慄えたかと思うとうつらうつらと睡魔に襲われ、会社へ病欠の電話を入れなくてはと考えて、「ああ、今日は日曜日だ」と思ったりした。

夢にクロが出て来て顔をペロペロ舐めるので「クロやめろ」と言って顔を撫ぜると掌に汗が感じられて目覚め、また何時の間に夢を見ていた。素敵に大きな美しい目だった。顔の輪郭が大きくて円いが定かな形を整えない。ただ大きく円いぼおーっとしたものの中に、西村を誘い込むような大きな目

が輝やいていた。

「あーあ、工藤さんだな」と思ったら目覚めてしまった。何だか惜しいような気がして天井を凝視していた。それからも取り止めのない断片的な夢を幾つも見た。死んだ妻の声も聞いたような気がする。ふと目覚めて時計を見ると二時を少し回っていた。体がふらふらするのに空腹を覚え、台所に立ってパンと牛乳と卵を持って来て、ベッドの中で食べた。

「こんなことでは新しい表現に向って進み出るなんて出来やしないなあ」と思い、なんだか自恃のみ強い野良猫のように世の中をウロウロして来ただけのように自分を感じて、蒲団の中に頭からすっぽりと入りこみ、体を丸めて、深い眠りへと落ちて行った。

わが骨を野晒らす果ての詩《うた》一つ
かって彼はそう詩った。そこでも定型の逸脱、季語の欠如、同意語反復、要するに定型の破却、を彼は強く意識していたのだった。


(完)

＊一茶の句、サルビアの句以外はすべて作者の創作である。

川に魚を見たり

一

　五反田川は、いつもにぶい鉛色をして、さざ波を立てながら流れている。多摩丘陵が、東京武蔵野で平坦化するあたり、その最後の起伏が西から東へと走る狭間を、その川は流れて来て、多摩川へと合流する、幅三、四米の川である。西から東へと走る丘陵の谷間には五反田川と平行して私鉄小田急線が、新宿から小田原へと抜けて行く。

　信吾は駅前の喫茶店で麻耶と別れ、五反田川の簡易舗装の土手道を、流れに逆らって東から西へと一人で歩いている。テニスで疲れた体をいなすように、ゆっくりと歩く。川面のさざ波は初夏の夕陽を反射して縮緬のようなうす金色の光を踊らせている。時折、彼の左手背後から、或いは左手前方から電車の轟音が通過し、再び妙な静寂が戻って来る。陽は南側丘陵の向うに沈もうとしていた。空は一面、朱色に染まって、南北の丘陵傾斜地も、北側のそれも、かさぶたのような住宅地が、暗緑色の傾斜地を上へ上へと侵蝕してい、色とりどりの屋根や白い壁を浮き立たせていた。また、新しい宅造地が、その丘の暗緑色をむしり取って、赤肌のローム層土を、烈しい陽に焼けただれさせているように見えるのが、彼に痛ましい思いをさせるのだった。信吾の目は自然に川面へ落ちた。丈高く繁った土手斜面の雑草も、彼の視線を遮えぎる程高くはなかった。川は真夏になるとぷーんといやな匂いを放つ時があるが、初夏の薄暮の中では、そんな匂いもさせず、金色の縮緬縞のさざ波を立てつつ流れ、流れていた。突然、彼は緊張して立ち止まり、なお一層川面を凝視した。水底から一塊りの水が盛り上ったように見えたのだ。しかし、それは彼の期待が産み出した錯覚だったのか？ 水底から盛り上がる水を割って、あの黒金色に光る真鯉の身をうねらせる姿などは見えもせず、にぶい鉛色の水は夕陽を反射させながら流れるばかりだった。「こんな川に魚が棲みつける筈はないんだ」あれ以来、信吾はずっとそう思い、諦めてはいたのだ。

あれは、新学期も始まろうとする雨上がりの春の日だった。身に老いの衰えを感じる信吾は、中学生を相手に仕事をするには、体を鍛える以外にない。テニスが出来ない日は、少々の雨の日でもランニングを欠かさないように心掛けていた。その日も、喘えぎながら、この土手道を走っていた。雨上がりの春の日、心なしか五反田川の水量は多く、周囲から流れこむローム層の赤茶気た色ではあったが、水質が良いように思えるのだった。と、水面がボコッと底から盛り上がるのを彼は見た。彼は以前、庭で手造りの池に、鯉、鮒、金魚、目高などを飼っていたから、鯉が水底を盛り上げて撥ね上る感触を忘れてはいない。

「あっ、鯉だ」まぎれなく、盛り上る水を割ってあの黒金色の鱗が、見え、それは再び水底へと身をくねらせて行く、体長一五、六糎の真鯉の姿だった。目に流れこむ汗をタオルで拭きながら、信吾はなおも、見つめた。水底が盛り上ったやや上流に中州があり、ビニール袋だの、流木だのが引っかかっている。その中州の周辺は水量が多く澱みになっている。その澱みに、ゆらぐ赤いものが見える。赤いジュース缶のようにも見えなくはなかった。しかし、ゆらぎ具合いが後半部に限られているように見えた。彼は土手の傾斜地のまだ幼い雑草の中へ数歩踏み込んでみた。ああ、それはまぎれなく、緋鯉であった。しかも、総身オレンジ色の緋鯉と、赤白斑模様のと二匹。成魚とは言えぬにしろ、幼児期を脱しつつある体長十五、六糎の、それは鯉だった。信吾には信じ難いのだった。彼は北側丘陵中腹にある彼の家の玄関まで走った。

「おや、おかえんなさい」と出て来た妻に、「大変だ、ほんとだぞ、鯉だ、鯉がいる」と叫んだ。すると、意外に平静な顔で、

「おや、そう。それじゃあ、矢張り本当だったんだ」と妻は答えた。彼女が言うには、市は「緑の町づくり」に色どりを添えるため、この川に魚を放流する計画がある、と半月程前の町内会回覧板に知らせていた、と言うのだった。

「それにしても、早過ぎるわね。それにあんな川に魚が育つのかしら……」と言い添えて台所へ入ってしまったのだった。

学校が始まると信吾は、晴れた日には必ずこの土手道を歩いて帰るようにした。暮れなずむ空の弱い光を反射しながら、川面はいつも鉛色のさざ波を立てて流れた。鉛色とは言っても、よく見ると水底を覗くことが出来る程度には透明で「よし、これなら魚は生きて行けるぞ」と思うのだった。土

手道に犬フグリが咲き、ヒメジオンが咲き、ブタ草が勢いよく伸びる頃になると夕暮れても陽は明るく、毎日とは言えないが、ほぼ同じ場所に魚たちはたむろして、流れに尾を揺らがせているのが見えた。さすが、真鯉の姿は見えなかったが、緋鯉たちは即かず離れず二匹を数えることが出来た。信吾は三日も姿を見せないと、何故か、自分までが意気消沈して来るのが不思議だった。

それにしても魚たちは、どうして同じ場所にいるのだろう。よく見ると土手道は心もち南側に湾曲してい、そのくびれのところ、前後の二ヶ所に、水を堰き止めるコンクリートが打ってあり、堰き止められ、溜った水は小さな滝となって泡立ち流れた。暖かい日にはその小さな滝に木片だの、発泡スチロールだの、大小のボールだの、そして洗剤の泡などが一緒になってクルックルと回転したりするのだった。いずれにしろ、そこは他の処よりは水量も多く、滝の流れが水を浄化するように思えて、気休めの安堵感を彼に与えるのだった。

しかし、彼に気懸りなのは気候の推移だった。梅雨があけ、夏が来る。そうなれば、にぶ鉛色の水も一段と濃さを増し、水量は減り、さざ波は鈍重な波立ちに変わり、ふとした風にもメタンガスの匂いが漂うようになる。

「それでも魚たちは生きられるか?」そう思うと信吾は、自身息苦しくなって来てしまうのだった。

六月に入ると彼は学校を早く帰ることが出来なくなった。担当が三年生だったたから、クラス担当ではなかったとしても修学旅行の準備のため、すっかり陽の落ちた頃に、川面のせせらぎのみを聞きながら帰る日が続き、そして出発・帰校と気骨の折れる日を過ごしての、今日だった。

彼はどの位の時間、そこ、中州の手前、水底が盛り上った周辺を凝視めて佇んでいたのか、自分でも分らなかった。川面が反射する光は弱く、暗い朱金色へと変わっていた。ふと見上げると、陽の沈んだあたりの空だけが茜色に染まっていた。彼は持っていたラケットを、土手の雑草の頭を掠めて、ビュッと振って、残照にくっきりと輪郭を示している北側丘陵の彼の家を目指して歩き始める。

彼はどうして、こうも魚たちにこだわって行くのか、分らないのだった。

「仕方がない」と諦めていた、魚たちを見た日から、そうは思っていたのだ。それでいて、胸に出来た空ろなもの、その始末に困った。見るともなしに、雑草に混じって赤いものが点在している。気づくと、それは山百合の花の蕾の小群落だった。それは赤と云うよりはオレンジに近い小さなこぶしのような蕾だった。蕾は健気にも頭を垂直に、薄暮の空に突き上げていた。彼はそれを無感動に見て過ぎていた。そして、その蕾の色が麻耶の怪我を連想させているのにも気づいてはいなかった。

クレーコートで四つん這いになった麻耶の細く白い脚の、両膝は赤く擦りむけていた。喫茶店の照明ではよく分らなかったが、その中の黒い点々は、砂かも知れなかった。

「痛む？　痛いんじゃない？」と彼は言った。

「ううん。ちょっとぴりぴりするぐらいかな。それより、ドライブっていうのね、どんな風にラケットを振るの？　凄い球ね……」麻耶はやや三白眼になる上目遣いに信吾を見て、そう言うのだった。

「あーあ、こんど教えるけど、怪我の方、ちゃんと手当てしなくちゃ……」

「大丈夫、大丈夫……」そう言って彼女は、めくってあるトレーニング・ズボンを下したのだった。

初心者の域から脱しようとしていた麻耶のボールは、意外に強く、彼はラケットでボールの上部をこするように振ってしまっていた。かあ〜んという乾いた音で返球されたボールは、彼女の手前でスト

ンと落ちたに違いない。振ったラケットは空を切り、力が余って麻耶は泳いだ。四つん這いになった格好で、近づいた信吾に、

「これ、どうなってんだろう」と言って笑ったが、なかなか立ち上れなかった。

色白で、上背があり、やせた麻耶がコートに立つと、まるで少年のように見える。初め、クラブ員たちは「娘さんですか？」とか「どういうご関係ですか？」とか関心を示したが、職場の仲間だということを知ると質問する者も稀れになって来たが、信吾自身、彼女が三十を過ぎた女性のようには見えない。太腿から足首へと、細いながらに要所要所できりっと細く引き締まる、流れる線のように美しい脚と、練習が進むにつれてほんのりと赤らんで来る白い頬、そして二の腕のあの白さ。「あれは、まるで流れを走る緋鯉のようだ」と彼は思う。そう思ってしまったことで、彼は夕暮れの空の中で自分が小さくなってしまったように感じる。

彼女は一昨年、昨年と信吾が学年主任をやった学年のクラス担任の美術教師だ。彼女の時間には騒然たる無秩序が支配し、隣室の教師から「なんとかして下さい」と相談ならぬ抗議を受けることも再三に及ぶ。帰りは誰よりも早く、下校時刻になるといつの間にか姿はない。女教師特有の群れをなすということもなく、それでいてあっけらかんとしていて誰も憎めないのだった。

「俺は彼女を甘やかし過ぎたのか？　いや、彼女が彼女自身であることに、誰が責任を持てようか」と信吾は思う。北陸地方の豪農の娘、五人姉妹の末娘。

「それにしても……」と信吾は思う、学校というくすんだ職場に彼女は似合わない。

彼は重い足で丘陵とっ付きの階段を登り始める。

二

麻耶は、簡単な朝食を済ますと、残り物をビニール袋に入れ、食器を水に浸したまま洗いもせず、居間に戻って、テーブルにぺたっと座って、頬杖を突いた。全身がだるく、両膝の怪我がひりひりと引きつるような感じだ。明日が日曜日だというのに、弾む思いもなかった。鴨志田からは、もう二ヶ月にもなるのに何の連絡もなかった。きっと、今度も駄目だったのだ。信吾の前任校の信頼できる後輩として紹介され、二度逢う機会を持った。笑うと三日月形に目が細められ、東京下町育ちらしい繊細なやさしさが溢れた。黙っていると山男らしい肉の厚い色黒の逞しい青年だった。部厚い唇でよく喋言るのは、彼が照れているのと、他人に対するサービス精神であることがよく分るのだった。元特高の父を持ち、学生時代、そのことで苦しみ、しかも在学中にその両親を失い、貧窮の生活を送ったと、信吾に聞いていた。好感の持てる人だったが、余りにも育ちが違いすぎることへの危惧を持ったが、自分がハイミスであることもあって迷っている時、二度目に逢いたいという連絡があった。その時、躰の芯から暖かいものがこみ上げて来て、迷いは消えたのだったのに……。

「過ぎたことなんだ。私だってやることは一杯あるんだ……」

麻耶はもう何年も北欧語をやっていた。フィヨルドの海、険しい山に囲まれた湖のたたずまい――。どうしてか彼女は、高校生の時から、そこで暮らしたいと思いつづけてきたのだった。しかし、多忙な中学教師にはスウェーデン語は手ごわい相手だった。それに彼女には絵もあったし、西陣織りもあったし、それにテニスもあった……。

時計は九時を過ぎていた。隣室の六畳は彼女のその仕事たちでごった返していた。公団住宅の隣家に面する奥の壁に沿って大きな織機があり、織りかけの布の縦糸の下には飛梭が宙吊りになっていた。窓際には書架が幾つも立てかけてあり、脚を開いた画架には描きかけてのカンバスが螢光灯の光を白く反射していた。彼女はコンテでデッサンをほぼ完成していると思っていた。今夜はそれを完全に仕上げ、夏休みに油を塗ろう、そして秋の美術展に出品しようと予定していた。画布は四十号の大きさで縦に使っていた。

彼女はその画の前に立って眺めた。画題は「あやめ」にしようと思っていた。しかし、一週間前につかれたようにデッサンした時の、濃密な空気が立ち戻って来ないのだった。構図全体が奇妙にいびつに歪んで見える。彼女はそれが癖である左手拳で軽く二、三度自分の頭を叩いた。

「どうなってんの、これ……」

絵は、右手下部の隅から左手上部隅へ対角線状に築地塀が描かれ、上部に行くに従って、細く、遠くへ消えて行く。塀の内側、つまり左半分の三角形の部分に石組みのある池、その池の岸にあやめの群落が描かれていた。残されているのは細く消えて行く築地塀の上辺と、塀で区切られた画の右半分の逆三角の部分をどうするかだった。明らかに構図は、画布をほぼ半分に切断する斜めの塀によって不安定、しかも描こうとするあやめ池は窮屈に見えた。彼女は不安定さを意図的に出そうとしていたが、それにつれて「あやめ」の世界が、こうも窮屈にかじかんだいびつな様相を呈することに気付かなかったのだ。描かれているのは、現実に麻耶が高校生までを、そこで過ごした越前海岸から内陸へ、バスで半時間もかかる山麓の生家の庭である。現実には、築地塀は家を囲んでいるのだから、写実すれば左へと折れ曲っていなければならない。そして彼女が今、コンテで手を付けようとしている、塀が細く消えて行くところには、父祖伝来の所有地で、どこからどう見ても円い標高、五、六十米の山と云うよりは岡があった。戦後の農地改革で、大半の所有地を失った父は、一時、地元の中学教師をやり、残った土地を、母と元小作の作男に手伝わせて農業を継続させていたが、間もなく「阿呆くさ!!」と言って教師をやめ、押されて農協役員、ついで組合長などもやった。今では郷土史研究につかれ、その小高い岡に、古墳がある筈だと、県教委に発掘調査団を要請したりしており、農事は心臓のよくない母に任せっきりにしていた。

麻耶は築地塀が細く消えるあたりに、名案も浮かばぬまま、その古墳のある筈の円い岡を、着色の時、ぼかして描こうと思った。問題は、窮屈そうに描かれたあやめ池よりは、右半分の空白をどう処理するかにあるように思えた。そこには、道を隔てて、村の家々が並び、その家の幾つかは、人棲まぬ廃屋となって軒を傾けていた。過疎化が進行しているのだった。彼女は藁屋根のそれらの家を描きたくはなかった。何かしら、彼女には分らぬ、不可解なもの、父母たちが「小作の者らが……」と言っていた別世界がそこにはあった。「それに……」と麻耶は思う。画題は「あやめ」だった。現実にもそれは美しくあった。流していたレコードの、太く低く抑えていたベラホンテの声が、急に一オクターブも高くなったように聞え、彼女は「あっ、そうか」と叫んだ。あやめ池をもっと大きく、従って、彼女が幼い日、いたずら書きなどをした、黒い瓦屋根の築地塀を右下隅からでなく、カンバスの右端の線三分の一くらいから、もっと鈍角の線で描かねばならぬ、そう思ったのだ。それでも、麻耶は長い間、逡巡していた。コンテで描いたとは言っても、長い想い出を、そこに托して、崩れた練り土の、崩れ具合いまで模して、描きあげた塀であった。

彼女は、入学したばかりの県立高女で、当節流行の、現に担任しているクラスの菊地玲子のように、自身理由も分らぬまま、「学校嫌い」となった。朝になると、不思議に頭痛・腹痛が起った。母はウロたえ、父は「怠け病だ‼」と怒鳴りまくった。事実、痛みは十時頃を過ぎると嘘のように解消していた。そうした日々、麻耶は庭を眺めて暮らした。池にはハナという年老いた総身緋のような鯉がいて、頭部やや右端から腮にかけて白い斑点のある個性的で優雅な緋鯉だった。名を呼ぶと、ゆっくりと、どこやらの隅から、身をくねらせて近づいて来るのだった。口をぱくつかせ、丸く黒い目をくるっと回転させて、餌をねだる姿が無性に可愛いかったものだ。ハナの周りには多勢の家臣どもが随いていて、上になり、下になり、水が泡立った。今、その池にハナの姿はない。池に浮かんだハナを彼女は見ないですんだことをよかった、と思いながら、淋しくも感じるのだ。

彼女は、パン屑で築地塀を消しにかかっていた。「そう、そう言えば、信吾先生はどうしてあの川の魚のことばかり、話題にするのかしら……」と、自然に想い出て来るものに目頭が熱くなるのを意識して、想念を転換させているのだった。

「テニスが上手になりたかったら、先ず、脚力をつけることだ……」と彼は言う。麻耶にとってはドブ川としか見えない川の土手道を、荷がある時は歩いて、無い時はランニングで、幾度付き合わされたことだったろう。時には、バス停で一人になり、彼の駅より一つ先の駅まで電車で行くのが、淋しくて、彼女がすすんで付き合ったのではあるが……。

「そう思わないかね。この川にだよ。鯉や鮒、それに目高もだ。泳いでいたとしたら、それは、ねエ、君……」などと、妙に切迫した調子で信吾先生は言う。父子ほどにも年の違う男の心理など麻耶には興味がない。ただ、寡黙、謹厳、一徹で同僚たちに畏敬されている彼が、事もあろうに、魚がいたの、いないのと一喜一憂するのが、滑稽でもあり、分らなくもある。麻耶たちの職場では、四十代後半から五十代にかけての戦中派教師たちは、一筋縄では行かぬ人たちばかりだった。管理職になれなかったひがみと、反骨意識が微妙に絡み合っていて、その不逞さには陰湿さが感じられた。職員会議などでの反対意見が、彼らから出されると「またか……」という白らけた気分がさっと流れた。「でも、信吾先生が言うと、同じ事を言っても、反応が全然違うんだなあ、あれ、どうして……」と彼女は、不審に思うのだ。そう云えば、組合活動に熱心らしい鴨志田が、

「平教師を一生やって悔いない、そう思うようになったのは、信吾先生がいたからなんだ……」などと言っていた。あの時、鴨志田は、照れを外らすためと、共通の話題を探すために、信吾礼讃へと熱を加えて行ったのだったかも知れない。そのお陰で同じ学年に三年間も働きながら、何一つ知らなかった信吾の過去を彼女は、知ったのだった。現在、彼は組合員ではないが、かつては、全市全県的に有名な組合活動家であったこと、四分五裂して行く反体制派活動家たちに対し、終始統一戦線を呼びかけ挫折して行くことなど……。平素、お義理にしか組合活動をやったことのない麻耶には、別世界の人の話としてしか理解できなかった。それよりも、そんな世界に身を乗り出して行きそうな鴨志田に、「この人に私はついて行けるだろうか?」などと思っていたのだった。

麻耶は、ふと、消す手をやめて、きれ長の目を遠くへ漂わせた。目は焦点を結ばず、「遠くへ、遠

くへ行きたいんだわ」と、何の脈絡もなしに思えて来るのが不思議だった。「遠く」というのは何処なのか、それも分らない、ただ「遠く」であればいいのか、そうでもないらしかった。麻耶は、いま、自分が出口なしの処にいるらしいのを感じる。誰かが、ここから私を誘い出して呉れないのが、甚だしい不当なことに思えて来る。父も母も、信吾も鴨志田も、学生時代の理由も告げず去って行った曾田も、ああ、みんな、どうでもなればいい。私を過ぎて行く者たち……。

彼女は長い間、じっとしていた。まるで傷ついた獣のように膝を両手で抱えて……。再び、彼女は目をあげ、決意した者のように、塀を完全に消すのを途中でやめ、コンテをしっかりと握ってそのカンバスの上辺に峨々たる山なみをさっさと描きあげて行く。「空はそうよ、ウルトラマリンの青。雲一つない青でなければいけないし、そしてこの山の色は、う〜ん。それは、あとで……」彼女の心は弾んでいた。獲物を覗う野獣のようにきれ長の細い瞳は輝く……。

「ほんとに、信吾先生ったら、不機嫌なんだから……」と、その手を休めずに、リズムに乗った者の快活さで彼女は思うのだ。

喫茶店を出て、

「私も一緒に歩こうかなあ」と言うと、

「今日は、一人で帰りたいんだ」と彼は言い、さっさとあの細い右肩を持ち上げるような歩き方で、道を曲がってしまったのだった。思い返して見ると、近頃の信吾には時折りそういう瞬間があって、取りつくしまがない。

「僕は人に教えられる程旨くはないよ」と言い、丁寧に、丁寧にとイージーで打ち易いボールを送って呉れるが、教えるような差出口をきいたことがない。時にはゲームをやり、彼女がヘマをしても「ドンマイ、ドンマイ」とか「失敗してもいいから、大胆にやる。そのうち打てるようになれるもんです」などと言って呉れる。そんなものだと思っている彼女が、ふと気付くと、何かに耐えているようなムッとした表情で宙を睨んでいる彼がいる。「何かしくじったのかな」と思うが、麻耶にはしくじりがなかったりするのだ。昨年までの彼にそんなことはなかった。今年、春、信吾が三年になって、学年主任を降ろされたことは、職場のみんなにショックを与えたが、そんなことに動揺する信吾先生ではないと思っているだけ、麻耶には不可解だった。

「父もそうだわ、あれ老人性気欝症というのかしら……」老斑の浮き初めて来た精悍で小さな彼の顔と、長くのっぺりしたたるんだ父の顔と較べて「うふふ」と彼女は笑って見る。そして心の中に淋しさが来た。彼女は慌てて最後の築地塀を消しあげ、腕時計を見た。十二時を過ぎていた。

三

十二時、信吾は魚だった。視界は薄いヴェールで遮えぎられたように、遠くの物が定かには見えない。絶えず、生活排水が流れて来て、ねばつくような白濁した水で、思い切って呼吸も出来ない。それに、近頃では上流に工場でも出来たのだろうか、油の匂いや、奇妙に鼻をつくような匂いも混じって流れて来る。水底のヘドロは夏場が近づくにつれ、気泡を浮き上らせる回数が増えてゆく。呼吸が苦しい、躰が熱くだるい。

信吾は大きく口を開いて呼吸したいと思うが、こんな流れを呑みこんだら、と思うとそれが出来ない。せめて、一瞬の汚濁の流れが熄むのを、睡を凝らして見つめるしかない。近頃は夜になっても水温は下らない。躰のだるさは、そのためばかりではない。尾鰭や背鰭にたかったダニたちが蠢動し始めており、疥癬のため発熱しているのだ。

「あ～あ、呼吸が苦しい。熱い、痒ゆい。水をくれ、水をくれ」信吾は叫びながら、身をくねらせる。彼は苦しみながら視界の右端に、白濁した流れとは別の、小さな流れを捉えている。蒼みどろの流れとは言っても、南北の丘陵地の底から湧き出て五反田川へと流れこむ、冷たい清冽な青い水だ。彼はそこへ出て、病んだ全身を晒らし、洗わなければならない。そして青い水を胸一杯吸い込み、呑み込まなければならない。しかし、その流れは細く狭く、白濁した流れは強く太い。病み衰えた信吾には、青い流れを捉えたつもりが、いつの間にか強い流れに捲き込まれてしまっているのだ。彼はもう何度も何度も、そこへと身を躍らせ、そして白濁した流れへと連れ戻されたのだった。彼の頭は時どきかすんで意識が薄れて来、全身が腐爛し、死体となった緋鯉の仲間のように、流れに浮上する自身の姿を想い浮かべたりするのだ。いっそのこと、そうなった方がどんなにか楽なことだろうか、と思ったりしてしまう。そして、全身の力がゆるんだ途端に、いやな匂いの水を大量に呑みこんでしまう。

「これではいけない。生きるのが本当なんだ」と思い返し、気を取り直して、遙るかな青い細い流れを、捉え直すのだった。彼は改めて、全身の力を腰に集め、身をくねらせて、白濁の流れを横切る。重い頭がガクガクと揺れ、首の筋肉に傷みが走る。呼吸が大きく乱れ、青い水を彼は大量に呑みこんで、激しくむせた。それでも、彼は細い青い流れへと、よろけるように泳ぎ出た。信吾はここで踏み止まる力がなければ、自身破滅以外にないことを意識した。それにしても、ここは何と青い世界だろうか。丘陵地底からかすかに湧き出る水口はどのあたりなのか。流れにそよぐ蒼みどろが熱っぽい躰をやさしく撫でて、疥癬の出来た皮膚をもっと強く掻いて欲しいと思うのだ。ダニたちは水温の違ったところへ出て一瞬、身を縮めたかのようであったのに、しばらくすると、それだけ深く肌に食い込んで来たのだろうか、疥癬の中枢部の痛痒さが激しく感じられて来る。それに青い流れは白濁の太く強い流れに絶えずかき消されそうに揺らいでいて、信吾はその流れに自身を合わせる力で精一杯なのだ。背鰭から食い込む痛痒さに耐えることは、身に余る精力を必要とするように思えた。

「あっ、痛い、痒い、水だ、きれいな水だ、水をくれ!!」そう叫ぶと彼は、水面上へばしゃっと撥ね上った。

たしかに「ばしゃっ」という音を信吾は聞いた。それで目覚めた。闇の中で、あたりがしんと静まり返っているのが、信じ難い。全身に脂汗が流れ、魚である信吾の気だるさ、息苦しさが、身内に残っていた。

「あ~あ、夢だったのか」隣りに寝ている妻のいびきが聞える。高く低く、地底から湧くような重い響きのリズムだ。一度、軽い脳溢血を患ってから、あれ程軽蔑していた信吾のようないびきを彼女自身がかくようになっていた。見ると、暗い中に、ほの白く丸い妻の仰向けの顔が沈んで見えた。煙草を喫いたいと思ったが、やめて、風呂場へ立った。奇妙な夢の共鳴を体から消し去るように、信吾は乾いたタオルで、上半身をごしごしと擦すった。少しずつ、暖かい新しい血が流れ始めて来るように思えて来る。網戸以外は開け放してある湯殿の窓からひんやりした夜気が流れこんで来るのが分った。空はほの明るく、月が出ているようだった。「そうだ、散歩に行こう。このあと、どうせ眠れないのだから」そう思うと、寝巻の上にガウンを羽織り、煙草を取って、部屋を出ようとすると、「どこへ行くの」と寝ている筈の妻が、声を掛けて来た。

「ちょっと、外を歩いてくる。眠れなくなった。怖い夢を見た」

「そう」妻はそう言うと顔を横にむけて黙ってしまった。

玄関のドアを後手に締めると、引越して来て三年、初めて咲いたくちなしの花の強い香りが鼻を衝く。空は星も出ていて明るかった。

「なんで、あんな夢を見たのか」彼はそう思いながら、五反田川が闇に沈んでいる東西の谷間を背に、東生田丘陵の住宅地を頂きへと登りつめる。そこから標高六、七十米の尾根道が西へと続き、松、桜、楓、櫟、その他の雑木が並ぶ林道となってい、林は黒々とした闇を作っていたが、もとより深い林ではなかったから、南側丘陵の稜線が墨絵のようにほの明るい空を区画し、その斜面にへばりつく住宅の光、谷間にある小田急線生田駅のホームの光の列が、見えがくれにちらついていた。また、小田急線に平行して走る自動車道からは、「ザザーッ」という一過性の雨のような音が、この夜更けの闇の谷間から上って来るのだった。

若い時、彼はよく東京の夜道を歩いた。青年の迷いは深く、貧困が彼を縛っていた。歩行しながらの想像が彼のささやかな自由であった。しかし闇の中の想像力は、明日の陽光の明るさの前で、なんと無惨に無力だったことか。今も、その時のままの、素寒貧の若者のように思えて来るのだった。闇をつくる林の萠え出る若芽、若葉の強烈な臭いが、彼の鼻を刺激して来るのを意識しながら、彼は、教師を選んでしまった若成りの思想を想い返す。「他人の子を教えるなんて、それは、生身の人間にはむずかしい事なんだよ!!」嗄がれた声で、教師志望を思い止めさせようとした母の声が甦がえって来る。それはむずかしいだけではなかった。身を屈め、中学生に身丈を合せて教えていると、自己の中の想像力までが涸渇するか、圧殺するしかないのだった。どこに自己を表現していいか分らない苦しみ、そんなことをまで若い彼が予想し得ただろうか？　それだけではなかった、教師の真情を故意に歪めてでも反抗・非行へと走る彼ら……。

「気ィオ付ヶ。これからあ、貴様らの中から、特攻隊○○部隊を編成する。志願する者は明後日一二、○○まで各教班の教班長にまで申し出る。手続きは……。本官は、貴様らが陛下の御心を安んずるため、奮起することをォ、期待しておる」分隊士・原海軍中尉の野太い声は、霹靂のように信吾たちの上に落ちた。彼は軍人を志願しておきながら、ついに特攻隊志願者の列に加われない。生き恥晒らした男であった。

初老を迎えた今も、あの恐怖の、恐怖だけが彼を縛っていた二日間を、忘れ去ることはできない。人間は、たとえ、国家主義であれ、社会主義であれ、思想を生きるものではない、思想が人を生きるのだ。まるごとこの生を生かし得ぬ思想などあってたまるか。そうでない時、人は思想を裏切る。信吾の彷徨癖はそこから始まったのだった。そう思い定めるしか、生きる術を失った男であった。それは彼が、深いところでイデオロギストであり得ぬ理由でもあった。そして、それだけ、彼の胸にぽっかり空洞があった。空洞を爆弾のように胸に抱えたまま、混乱の世に歩み出て行くしかなかった。戦争に反対すること、貧困に反対すること、そういう人間を育てること、そういう否定の、あえて言えば、否定の思想において、彼は教師たり得ると思ったのだった。

そして、持前の生真面目さで、彼は戦後教育界の中で、いつの間にか、組合の戦列の最前列へと出てしまっていた。そして六〇年・七〇年安保闘争の渦の中で、イデオロギストたちの分裂と抗争。「これは何事であるか」と思う彼の、統一戦線結成などという声は空しかった。

きづいて見ると、平和らしきもの、豊かさらしきものが出現し、頭脳俊敏な若い教師たちは、部活と称するスポーツに熱中し、彼と同世代の出世競争からこぼれ落ちた者たちは、民主化を口実に、私憤を公憤にすり替え、我儘を押し通す手だてとしていた。彼は後ずさりした。組合をやめ、一人となった。けれども、それは、長い長い彷徨をしたにすぎなくて、彼の生の深いところから、彼を生かす思想によってそうなったのでは、勿論なかった。彼は相変らず、胸に空洞を抱え佇んでいるようにしか思えないのだった。

「遅くまで残って、酒呑んで。じゃんじゃん部活だの、行事だの増やして、学校なんて、これじゃレクリエーションセンターよ。そうやって不良がいなくなるなら、いっそのこと学校なんて廃止すりゃいいんだわ。学校なんてあんな人たちに牛耳られてんだから……」と麻耶は言う。

「俺も、社会もどっかで狂ってる。社会なんてどうでもいい。俺自身、俺自身のこの胸の、この空洞が問題なんだ。これじゃ腑抜けじゃないか？」

林の尾根道を抜けると、月に照らされた広潤な空が一層明るく見える。点在する家々の庭の闇から甘酸い花の香りが全身を包むように漂って来る。彼は尾根道のつき当りから、丘陵の反対側のだらだら道を降り始めていた。その道は雨上りの休日にランニングをする道でもあって、知りつくした道でもあった。坂の上から見る初夏の夜空に、星たちが美しかった。月は彼の背後から照って、彼の影を落した。

信吾は自らが情け容赦なく老いつつあるのを知っている。だからと言って、この世でただ凝視する目だけであっていいとは思えない。芸術家なら目を表現することで生きる。信吾は萎えつつも、その都度、教師でありつづけるしかない。

「ねェ、信吾先生、生徒たちったら、先生のこと信吾じいって言うのよ」と麻耶は、あの細い目を綻ろばせて言う。そんな事は、彼はとっくに知っている。麻耶はそれを伝えることの惨酷さを知ろうともしない。夏休みになったら、テニスツアーに行きましょうとも言う。「物ぐさ太郎さんには手続きはさせませんからねェ、行きましょう」そう言うのだ。冷たく澄んだ高原のコートで、細くしなやかなボーイッシュな麻耶の姿は美しかろう。途端にそう思ってしまった時を、思い返すことが信吾には出来る。この小悪魔め‼

道はそこで突き当り、崖になっている。その道は左手に曲がるコンクリートの階段で、一段下の坂道へとつづくのだ。崖に立つと、視野は遠く東京・新宿の街が望める。高層ビルが灰色にぬーっと突き出て、その足から色とりどりの光の箭が夜空に放射している。だが空の星は、それら人工の光の卑小さを極わ立たせるように超然と静かな和んだ光で街を覆っている。

「人間よ、驕る勿れ」とその光景は言っているように、彼には見えた。空に鳥たちはいず、野に獣たちは影も見せず、川に魚たちは棲めない。どうして人間だけが病むことなしに生きられようか？
「すでに、この俺は病んでいないだろうか？」必要以外には他人と接することを避け、組合を脱け仕事が終われば、人と車を避けて丘陵の山道を歩いて帰る。

屈する思いを分かち合う他人はいない、と決めてかかっている。「あっは、これはまるで世にある隠者だ。これも一つの別様な驕慢の姿でなくてなんだ」

彼は階段を降り、浄水場へ出る急な坂道へ出て行く。両側を黒々とした雑木に囲まれ、その道一筋、月に照らされほの白く、先の方は暗い奈落へと細く消えて行く。今の信吾には闇こそ、魅力ある何ものかであるのだった。

「魚たちよ、ただ拱手して汚濁の中で死に果てていいわけがない。この深いとは言えぬ林の中からさやかな清冽な水は湧き出て、五反田川へと注ぐ、そこへ身を躍らせ、病んだ躰を洗わなければならない……」信吾は息苦しくなるほどに、自分が今、五反田川の疥癬に病んだ鯉であり、何か転身を迫られ、新たな決意を促されている者のように思えてならなかった。彼は大跨にぐんぐん坂を降りて行く。怖いのだった。いつも、そうなのだ。ある決断は、濃密な空気の渦動を惹き起こし、決断そのものを怯るませる。じっと見ると、その渦動は不可知の闇の中、未来の方からやって来る。決断するための価値の基準はどこにもなかった。信吾に、今、分っていることは唯一つだった。立ち枯れるように死んではならない。それだけだった。

「組合へ復帰しよう」

決断は思いがけない言葉となって信吾に啓かれた。

「あっ、そうか。俺はこれを望んでいたのか？」御用組合でしかないことが分っていて、定年までの僅かな年月を、それだからこそラジカルな危険人物として、再び戦いに臨むこと、それが彼の生きることだった。

「初心忘るべからずだよ」そう言って見ても、湧き立つ思いがある訳ではなかった。この決意に嘘はなかったとしても、この決意が信吾の底深いところから出て来る欲求である、というには、物足りぬ何かがあった。道は遠く浄水場あたりの底を包んで深い闇へとつづいていた。彼は、そこを抜けて何処へ行こうとしているのか、躰の芯からのおののきに耐え乍ら、

「この道を抜けて、麻耶、麻耶のところへ行こう」と、そっと呟いて見て、まぶしすぎる空の星を仰いだ。

（一九八一・三）

鳥と魚のいる風景

一

今朝、一羽の目白が死んだ。六歳になる娘が、

「パパ、ピー子が死んだわよ。たいへんよー……」と言いながら、二階の部屋に上がって来て、半睡状態にある私の蒲団の上に馬乗りになった。

「う、なに、死んだか……」と、答えたが、混濁している私の頭に、どんな感慨も湧かなかった。一人っ子で甘えん坊の娘を抱いて、私は階段を降りた。狭くて適当な場所もないので、二つの鳥籠は、階段の下から二段目のところに黒い風呂敷をかけて重ねて置いてある。目白はその上段の籠の中で、片方の黄緑色の羽を広げ、力尽きた兵士といったポーズで首を垂れて死んでいた。閉じた目の周囲の鮮やかな白が、私には強烈にすぎた。目白の籠の下で、躰を丸くした山雀が首をすくめて、いかにも恐縮したような目を、きょときょとさせていた。

「それ、ごらんなさいっ……」という鋭く尖った声が、背後から私を射した。私はびくっとして、「うフ、うーん」と答える他なかった。十一月だというのに、今朝は寒すぎたのだ。三尺四方しかない玄関のガラス戸越しに見える景色は、白い靄でかすんでいる。

「今朝は特別に冷えたんだなあ」と、誰に言うともなく弁解じみたことを私は言った。

「なに言っているのよ、あなたはなんでもそうなんだから。飼い方も研究しないで、魚が欲しければ魚、鳥が欲しければ鳥、ひょいひょいと買って来ては殺してしまう。可哀想だと思わないの……」台所で支度をしている妻は、幾分感傷的になった声を、さらに尖らせる気配であった。娘の万里は、パパがやっつけられるのを痛快に思うのか、頬をゆるめ、目を光らせて、私の顔を覗き見るのだった。このまま放置すれば、私の全生活ぶりが妻の舌鋒にかかって批判されるに決まっていた。私は、

「万里、ピー子のお墓を作るんだ。お祈りもしなくちゃ……」と言って、二つの籠を持った。

「え、そうね、そうしましょう」と、カトリック系幼稚園に行っている娘は、ませた受け答えをした。きっと、お祈りは自分一人の役目だと内心得意なのに違いない。妻はそれ以上、追い打ちをかけて来る風でもなかった。

二年ほど前、私たち夫婦は共稼ぎで、二人とも教師をしていた。ようやくのことで、多摩丘陵の最後のひだが終って、多摩川を一つ越せば、東京武蔵野に開らけるという、このあたり、K市Sのひなびた竹藪四十坪ほどを買い求めた。共稼ぎ八年のこれが唯一の成果であった。私の家の北側は一軒の家を置いて、その最後のひだである、きり立った崖をなしている。反対側の南もまた、八十メートルほど前方は丘である。こういう地形を谷戸といい、谷戸は南北二つの高さ五十メートルほどの丘陵に

挾まれて、くねくねと深く東西に走る谷間である。今朝、谷戸はうすい乳白色の靄に覆われ、東の地平線から昇る朝陽が、箭のように葉を落した梢から射し込んでいる。庭の片隅、娘の遊び場である砂場とブロック塀の間に、万里と私はシャベルで穴を掘った。山雀が外気にふれて羽をばたつかせ、「ピーッ」と鋭い声で啼いた。両側丘陵の林の、野鳥の声に合せているのだろう。穴を掘ってしまうと万里は、手を合せ、小さな声で、

「テンニマシマス、ワレラノチチヨ……」と言って絶句した。恐らく、こうした場合の祈りをまだ習っていないことに気付いたのだ。すでに何回も、小虫・魚・小鳥たちの死のたびに祈って来た筈であった。万里が、この時、それに気付いたとすれば、大した成長だな、と私は思いながら黙っていた。困った表情のまま、私に笑いかけた万里は、思い切ったように、

「ネガワクバ、ミナノトウトマレンコトヲ、ミクニノキタランコトヲ、ミクニノ……」と弁当の時間にやっている祈りをやった。祈りについて私に訊ねまいとしたことは天晴れだな、と私は思うのだ。それは聞かれても答えられない、聞かれなくて良かった、という安堵感の別の表現なのだが……。

　黒い土の中の目白は屍のようでなく、今にも躰を振わせて飛び立つかのように、片方の翼を広げ、頭をがっくりと横にむけ、嘴も地面に斜めに突き刺している。これで小鳥の墓は二つになった。金魚、鯉、鮒の墓もある。小虫たちの墓は私に関係はない。格別、私が残酷な人間だとも思えないが、どうしてか、私は小魚や小鳥たちを見ると飼って見たくなるのだ。

　初め、私は金魚を飼った。不精者の私が、セメントや砂を買い、シャベルで穴を掘り、素手でコンクリートのひょうたん池を作った。忽ち、私の手は荒れ、四、五日の間は、物を持つにもこそばゆい

不快を味った。水を張った池の、あくが落ちるのも待ち切れず、数匹の金魚をそこに放した。池は深さ三十センチ、長さ八十センチ、巾五十センチほどの小さなものだった。吸い上げ式の井戸水は冷たく、それにセメントのあくが悪かったのか？　一匹三十円位の金魚は、一週間もしないうちに、全部浮上してしまった。あれは三年ほど以前、万里を私の姉に預けて、共稼ぎをしていた時だった。

今では、池も改修し、容積も大きくなり、どうやら金魚は死ななくなったが、どういうものか、鯉や鮒はどんな小さなものを買って来ても棲みつかない。恐らく、鯉を飼うには容積が足りぬのであろう。これ以上大きな池を掘るには、私の手に余るし、庭にその余裕もなかった。そして急速に私は魚たちへの興味を失った。半年ほど前から、ひそかに私は小鳥を、しかも野鳥を飼いたい、と思い始めた。その頃、最後の真鯉が、あの白い腹を上にして浮上し、もはや、その姿が私の気力を殺いだのだ。妻は、

「魚道楽なんて、隠居趣味、あたし、大きらい」などと言い、魚が死ぬたび、買って来るたびに、私を非難し、

「そんなことだから、何をやっても、あなたは駄目なんだわ……」と、暗に、私の無能を攻撃した。実際、共稼ぎをやめてから、わが家の家計は赤字続きで、妻の退職金は家の借金と、家計の穴埋めで、ほとんどを失いかけていた。今また、

「小鳥を飼いたいなあ」などと言える筋ではなかった。言えば、どんなことになるかも、私に想像できたから、ひたすら望みを抑え、沈黙を守った。以前は、金色に輝く腹を見せて水を切る鯉や、優雅に身をくねらせる金魚に、時間を忘れて、呆けたように見惚れていた私が、ふっつりとあと継ぎを言

わなくなり、金魚を見向きもしなくなった。

　しかし、私は慎重に時を待っていたのだ。ある日、妻は晴ればれとした顔で、私に言った。

「T兄がね、とうとうアメリカへ行けるんだって……。ね、羽田へ送りに行かない……」

「ふーん、近頃流行の頭脳流出って奴かな……」

「まあ、そうね。でも、二年ほどしたら帰って来るって言ってたわ……」

「そうか、じゃ、みんなで送りに行くか……」

　どうも、私の家では、話はとんちんかんに運ぶのらしい。それというのも、この際は、義兄T大教授に、この身を比べられたらたまらない、という警戒心が働いたし、ひょいと小鳥への野心が作動したせいもあった。新聞を見ながらの生返事をしつつ、なかなかに、私は無能ではなかったのであった。その夜、私はたくみに妻を籠絡したのだ。出費限度千円、翌日、私は小鳥第一号、万里名づけるところの「ピピーちゃん」の山雀を手に入れたのだ。それは、今も、死んだ「ピー子」の穴のそばで羽をばたつかせ、野鳥特有の「ピーッ」という声で啼いている。

　山雀は雀に似て、余り優雅な小鳥とは云えぬ。グレイの翼、茶褐色の胸、頭の部分が黒。絶えず、右の止まり木から天井へ、天井から左の止まり木へと、山の形に飛び交い、まるで籠の中に山の形を描いているように思える。そこで「やまがら」と名づけられたかと思えるほどだ。しかし、人なつこく、利潑で、籠の戸を自分で開け、適当に遊んでは、戸を開けておく限り、何時の間に籠に戻っている。気を良くした私が「小鳥が一羽では淋しい」と主張して、次に買ったのが目白で、目白は、水を含んで、ころがすようにして涼やかに啼くのだった。そして、今や二羽の目白が、ここに眠ることになってしまった。

いったい、私はどうして、こうも小動物たちが好きなのか？　伸び伸びと空を飛び、水を切って泳ぐものたちを、小さな人工の空間に押しこめ、その動きに見惚れ、呆けたようになっているという、この心理は……。どこか私は変質者じみていないだろうか？

妻は「あなたは以前、なんて言いました。人が飢えている時、犬猫を買って喜ぶ趣味は、僕にないなんて、見栄を切ったじゃありませんか？　それが……」それが、どうしたわけなのか、私にも分らない。そこに動くものがいることで、私は心が和ごんで来る。それだけは分っているのだが……。

そう、あんなことを言ったのは、たしか、八年も前、いまだ、敗戦の飢餓の名残りが街にあって、眩しいくらい初々しかった新卒教師としての妻を、得たいための方便であったのでは、勿論ないわけだ。

「万里、ごはんにしよう……」私は雑木の梢の森を透して明るさを増す光を見ながら、ぼそっと、そう言った。

二

車窓からは霧のはれた紺青の空が見える。マッチ箱を並べたような街並みの上に、蒼鉛色にかすんだ丹沢の山なみ、その上にかぶさるように、全山雪化粧をした富士の大きな姿が見える。恐らく、一年のうちでも、このK市を南北に縦断する国鉄N線の車窓から、富士の全容を展望できることなぞ滅多にあることではない。

「ああ、きれいだな」と私は内心で嘆声を発しながら、敗戦の焼跡で見た富士を想い出す。今も、それは変りなく「きれい」だったが、冷たく、無縁な美しさにすぎない、という思いがせり上ってくる。いったんそう思い始めると、吊皮にぶら下って、本を読む元気もない私は、窓外の風景が思い切り猥雑であって呉れた方が、救われてあるような気がして来るから不思議だ。強制的にあの「美」に顔をねじむけさせられているような、いら立ちすら感じ始める。

「あれは、本当に美しいのだろうか？　そう感じるように馴致されてしまっているのでは……」などと思い始め、俄かに美そのものが揺らぎ出すのを感じる。そうしている間に、富士は見えなくなり、あっけらかんとした空に、憂い顔した煙突が多くなって行く。

　電車は終点K駅へとゆっくり這入って行く。両側のプラットホームにその電車を待つ人びとがびっしりと立っている。私はいつも人びとが降りる最後尾になってしまう。ホームの群衆を見て一瞬身を固くしてしまう。K駅は三方向に走る電車の乗換駅だから、人の波の渦である。私は泳ぎ、跪き、そして息を呑んで、溺れそうになる。本当は怖いのだ。群衆、あのエネルギー、いや、あの行動から行動へ、確信に満ち、軌道を走る車のように、次の行動へと移れる人びと……。その確信が私にない、行動と行動との間に、見えない深渕があり、そこを飛びこす確信が私にはない。ないと言ってしまっては嘘になるが、しかし、例えば、このまま、あの金魚と小鳥のいる谷戸の家へ帰ることも、一日中ほこりと騒音に満ちた学校へ出勤することも、あるいは……。どんな事でも次の行動への選択は自由であり、それらのどれも、それを為すべきだと充分に納得できないのだ。その心理的に「納得できない」ということが困る。全く困ってしまうのだ。どんな事でもできるし、しかも、何もせず、忌忌しい生活とやらのために、職場へ行く。そして、そこでも「俺はああもできるし、こうもできるんだがなあ」などと考え、浮かぬ顔をして教師の枠の中へ「型通りに、型通りにやるんだ」と自らを励まし、「はて、教師の型とは、どんなものかな？」などと思い、つい型をはみ出してしまっている、全く困ってしまう。

行動への理由の空隙を意識しなければいいのだ、と思い直し、群衆を切り抜け、ともかくも、改札口を出て、やたらに装飾の多い、天井が低く圧迫感を与える駅ビルを通って、深く臨海工業地帯へと侵入している私鉄の駅へ辿りつく。これが、どうやら私のいつもの思考と行動の順序のようだ。

その私鉄は、車輌が四つ位しかなく、学校の同僚が、殆んど同じ時間帯に乗るためか、どの車に乗っても、誰か一人や二人と顔を合せてしまう。私は今まで、孤独な思念の中にいて、ひどく憂欝な情緒に閉じこめられていたとは云え、そこには何らかの張りがあったし、身勝手気ままに考えを飛躍させたり、中断させたり、要するに親しみある精神の中にいたのだ。しかし、今や、私は、己れの精神の親しさの中にいることはできず、他者の前に立たされてしまうのだ。これからの一日がこうして始まる。私には他人の思惑を計算に入れて会話をしたり、行動したりすることが、苦痛なのだ。そんな私の気持ちは、相手にも敏感に通じてしまうのか？　同僚も滅多に私には声も掛けない。厄介なのは、声を掛けられないということが、逆に気に掛り、一層、居心地悪さをつのらせてしまう。

それ、それはもう始まっている。視界の右隅み、恐らく、スポーツ紙であろう。新聞を大きく広げ、顔を隠すようにしている、頭の毛のうすい男。彼は二学年の主任で、分会長の大野だ。しかし、私をさけるために新聞を広げているなどと気を廻すのはやめよう。顔をあげ視線があったら「お早うございます」と晴朗な顔付きと声を出して言ってみよう。そうだ、あくまで晴朗な顔付きと声とでだ。車窓からの眺望は、先刻のN線の途中でとは何と変っていることか。密集した人家、工場の屋根、煙突、それら一様に変様した黒褐色、どんよりと煤煙にけむる空、まるで緑というもののないこの街はどうだ。私の思念は重く澱み、緊張で硬化し、瞳はうつろに物を追う。「お早うございます」と斜めうしろで、声がある。すすんで、この私に声を掛ける人がいようなどと思わない私は、その声に応じて振り向いたりしない。

「お早うございます」と太く甘いような声。

「あっ、美輪さん、お早うございます」

「ぼんやりしていますね。うっふふ」と三輪は黒ぶちの眼鏡の奥の目を細めて、笑っている。

そう、この人ならすすんで私に声を掛けて来る。そう思いながら、私は凍えた全身を溶くような気分になって、相手の肥った躰、その躰の芯から、ぽっと若く熱い血が燃え出ているような、その血色のいい童顔に見入った。

「……先生、今日は事務局会議ですね。行かれるんでしょう……」と、三輪は唇を円めて言い、その唇と鼻の間にうすい生毛が見えてしまうのが、具合い悪い感じだ。

「え、ええ、行きますとも……」と私は少しどぎまぎして答えて、視線を外した。事務局会議があることは、数日前郵送されて来た会報に書いてあった筈で、私はそれを忘れていた。「それにしても、気の毒な……」という思いが、突然、なんの脈絡もなしに、私の胸を掠める。その事務局へ引き入れたのも私だったし、組合内にフラクとして統一戦線を結成しようなどと提唱したのも私だった。大学を出て僅かに三年ばかりにしかならぬ三輪が、その組織に入り、K市教職員組合の御用組合的体質と闘う、などということをやり、学校は勿論、全市的にも、私と同様、孤立、憎悪の対象とさえなっているのは、全く私のせいだと思えたからだ。この血色のいい、晴朗な童顔を失う日を、私はいたましい思いで、想像してしまう。

「こんどの『現代教育　十一月号』での秋田さんと無着成恭との論争を先生はどう思いますか？」と彼は、私の思いなどにお構いなく問い掛ける。秋田というのは、事務局員でもあり、教育評論などで名を成している小学校教師である。

「いや、私はそれを読んでいません。でも、あのつづり方教育の無着と、国民教育論批判という主張をもつ秋田さんでは、いつか論争することになったでしょうね。十一月号でね、私も読んでみましょう……」

「そうですか、これですがね」と答え、今まで読んでいたのであろう、その雑誌を差し出した。

「今、借りてもいいの……」

「ええ、どうぞ……」と言いつつ、彼は、

「ところで、先生も教育評論でも書かれたらどうですか？」と、顔を覗きこむようにして言うのだった。

「いや、私は駄目ですよ。それに私みたいな不良教師じゃ……。はっはっは」

「現場には、こんなに問題があるじゃありませんか、闘いを組織し、拡大することにも意味はありますが、その闘いの一翼としての理論闘争ということだって……」度の強い眼鏡の奥の瞳をしばたたかせながら、彼は真剣に抗弁するかのように言うのだった。書くことも闘争の一翼として、というその気持ちの裏にある、彼の孤立感に対して、私はすまない、と思う。私がそれを言う筋合いではない、としても、そう言わねばならぬ、何かが私にはあるような気がするのだ。しかし、それを、何故？と追及するのは欝陶しいことだ。

H駅を降りると、二人の横を三輪の学年主任でもある大野が黙ってすり抜け、先の車から降りた同僚に追いつき肩を並べた。私と三輪は目でそれを追い、黙って改札口を出た。私たちは言葉少なに、先を追い越さぬよう、道をゆっくりと歩いた。「こんなことでは、職場の民主化なぞ出来ないぞ」という、にがい思いを、三輪も感じていよう。

「あーあ、教育の現場って暗いですね」と、彼は道の中程で一人言のように呟いた。私はそれにどのようにも答えることは出来ない。

朝の職員打合せの時間が始まった。打合せと云っても、教頭が司会し、今日の行事、明日の行事、それに伴う各係からの注意、そして教頭や校長のそれとない注意事項の伝達があるにすぎない。私はこの時間に配られるお茶が美味しい、と思う。両の掌に、茶碗を挟んで、湯気を見ながら茶を啜る。目を閉じて「さあ、今日も始まる」と私は思う。片方の翼を広げ、傷ついた戦士のようにして冷くなっていった目白が想い出てくる。うすい黒地に黄色をまぶしたような全身、閉じた目の周囲だけのくっきりした白。「憐れな奴だ」その憐れさが、躰の芯から私を慄えさせる。だが、その慄えは、唐突にも、私自身への憐れさへの投射物ではないか？と思うことで、ぴたりと止まってしまう。「いい年をして、甘ったれるな」私は私自身を被害者意識によって甘やかすことを許すことは出来ない。

「さて学校の打合せはこれで終りますが、組合の方から、分会長さんの話があるそうです」と教頭の声。

「時間がありませんので……」と言いつつ、分会長の大野は起ち上り、そのうすい頭の毛をかきあげる仕種をする。乱れた毛一本のないその頭を、そうするのが彼の癖なのだ。

「先般の10・21賃闘ストは本県では実施されなかったわけですが、その闘いの綜括の県大会に向けて、○日後、本市の拡大中央委員会が持たれることは、みなさんもご承知だろうと思います……」と言って、彼は一同を〈知ってるか〉という形で見渡すのである。

「そこで、本分会においても綜括のための分会会議を持つため、学校側に要請しましたところ、快く承諾して下さいました。それで本日放課後……」ああ、そうか、今日は二つの会議があるのだな、今日も帰りが遅くなるのだな、それにしても、どうして〈学校側は快く……〉などと付け加える必要があるのだろう、など浮かぬ気持ちで、私は考える。昨年、私がここへ転出して来たばかりの時にも、あの妙に持って廻った言い方で、「道徳教育カリキュラム作成委員会」の責任者であった彼が、どんな具合いに私とやり合ったかを忘れることはできない。

彼は法律入門書に書いてある、法と道徳と慣習の違いを、その限りでは一分のすきなく論じながら、「その意味での道徳教育の必要性を……」などと言い、私を啞然とさせたのだった。三十を半ば以上も過ぎた男が、では、あなたは、あの敗戦をそのうすっぺらな道徳的規範とやらを規範として生きてこられたのですか？　と問い返したい悲しみに似た気持ちで私は聞いていたのだ。しかし、その悲しみに似た気持ちは、やがて、〈この嘘つきめ……〉という怒りの感情となって私をとらえた。国家とその末端である教師が、再び三度び天下り道徳を国民に押しつけようとして、それのみか、自らも担うことができぬ徳目を子供に押しやろうとして、高みに立って指導者づらをしようとしているのだ。私の猛烈な反論が、彼の顔面に叩きつけられ、その肉のうすい白い顔はより一層蒼白となった。

あれがきっかけだった……。この学校特有の泥沼のような闘いの深みにはまりこんだのは！　私は新任者の分を超えたのであり、それ以前からあった処世のためのいくつかの小派閥が、権謀と術数の陰微な争いを中止し、組合活動家として多少知られた私を迎撃すべく、公然あるいは隠然たる統一戦線を張ったのは……。私はその網にかかった。彼ら、大小派閥のボスたちは舌を舐めずり、腕を撫して、機会を捉えてはデモンストレーションをやった。〈この私が活動家であるのか？　私はいつそんな風に自己限定したことがあったか〉活動家というものは完膚なき批判を浴びせたりはしないものだ。逃げ口の一つを与えておく寛容さ、寛容を装った打算を忘れないものだ。まして味方たり得る人をまで敵に廻す愚を犯しはしない。私は活動家という名の政治家たろうとしたことはない。生活者たろうとし、おのずからその存在が悲鳴をあげるのにすぎないのに、この悲鳴が、力強い活動家の表現ととられる。とすれば……。もう私はその誤解を外部に向けて釈明する気力さえない。私は、それはそれで仕方がない、と呟き、始業のベルが鳴るのを待った。放課後の分会会議で、10・21ストを挫折させたK県教祖執行部の不信任動議を、私は断固提案するだろう、どんなに孤立していようとも。

〈それが、私たちの組織の方針でもあるのだからなあ〉と、私は暗い思いで考える。

三

初冬の朝陽はちかちかと目を射すように輝く。はげちょろけた黒板までが、鈍く光る。そこへ、

『三、中央銀行の役割』とわれながらへたくそな右上りの字を私は書く。それが本時のテーマなのだ。散乱するチョークの粒子が光る。私は社会科の教師であり、三年生には憲法、経済、国際問題を、この一年間に教えねばならない。三年生とは云っても、教科書すらろくすっぽ読めない生徒が一クラスに数名は必ずいる。抽象度の高い原則を直接ぶっつけても理解されはしない。彼らの生活感覚に訴えながら、具体的に、具体的にと心掛けて話をすすめ、しかし、いつかは、抽象し、原理にまとめてみせなければならない。こうしたことを私は何年やって来たのだろうか？　そして、これから何年やって行けばいいのだろうか？

私はチョークの粉のついた指をはらいながら彼らを見る。子供とは云っても十五才になる彼ら四十五人の瞳が私には重い。それは重い、としか言いようのないものなのだ。この複雑な社会というやつを総体として示す思想が、私にはない。あったとしても、私はその思想によっては生きられないことを、腰っ骨が折れるほどよく知っている。それでいて、したり顔をして、教えるということの、ある危うい関係からも来る。あるいは、四十五人の瞳に照射される私という人間の実体が透けてしまうことへの、わずらわしさ、恥らい、からも来る。それだけではない。私には人間が人間たちの教師であることができるなどということが、ある冒瀆を侵すことであるように思えてしまうのである。どうしてか、そう思えてしまうのだ。しかし、私は生きて行かねばならないし、生きて行くことはこれらの重いものに耐えることであるのだろう。

「昨日は、貨幣のはたらきについて、やった。そうだったね？」と言いながら私は彼らの反応を見る。顔をあげて「そうだ」と言いたげな者、もう瞳を伏せ、次に来る質問に答えられない不安、指名をなんとか逃れようと身を固くして耐える者たちの区別が、教師である私にははっきりと分る。

「貨幣にはどんなはたらきがあるか、先生は昨日、五つ教えたね。覚えてる人は手を挙げてごらん……」と私は言う。手は挙がらない。互いに牽制しあっているのだ。一般にこの年頃になるとすすんで目立つことはしたがらない。しかし、この学校の場合は極端だった。彼らは怯え、萎縮しているのだ。

昨年、私は、現に教えているこのクラスを担任したのだった。今、顔を伏せ、なんというスタイルなのか、髪を七三に分け、油できれいに梳いている市川、その市川の家を訪問したときのことを、私は覚えている。市川は目つきが鋭く、やや粗暴で、クラス仲間に怖れられている風があった。そこで、私は、元警官で、現在菓子店主である彼の父母に、四方山話のすえ、さりげなく、

「まあ、最近は、少年非行などという問題が少くなって、何よりだと思いますね。私のクラスでは、先生に対しても、クラス仲間でも徹底的に話合いでやって行けるようにしたいのですよ。ですから、市川君も、先ず仲間にとけこむようになってもらいたい……」と言った。すると、今まで黙っていた元警官は、「ですが、先生。学校では、先生が子供をなぐるし、聞くところによると、先生同志、なぐり合いの喧嘩をするとも聞いています。……そんなことで……」と、上から押えるような、妙に腹にこたえるような声で、口を挾んで来た。私は多少どぎまぎして、

「はーあ?……」と言ったきり、相手の赫ら顔を見上げてしまった。

「いや、先生ね……」と、喫っていたタバコの灰をはたきながら、男のような声で、元警官婦人は膝をすすめてきた。

「家では、あの子の兄も姉も、おたくの学校の世話になったのですが……」と、金ぶちの眼鏡をか

け、長い顔をしたその夫人の説明によると、市川兄姉は不良と見られていたらしく、その教師らのやり口の執拗さに、告訴しようかと、学校を内偵したことさえあったのだ、と言うのだった。

「そんなことは、ちょっと古い父兄には、みんな分っていることで……」と元警官は妻の話を引きとった。私は半信半疑のまま、自分は新任で、この学校のことは何も知らぬこと、しかし、誰であろうと暴力によって事を解決すべきでないことなどを、うつろな声で繰り返す他はなかったのだ。そして、私は大変な学校へ来てしまった、と思いながら、あの菓子店を出たのだった。あれから、一年有半、誰が誰を、何故、なぐったのか、子供たちがどんな風にいたぶられるのかを、私は知った。

「正座だ、正座しろ、お前ら……」と職員室の片隅で声があがる。熟してはいない、それでいてひょろりと上背のある生徒が数人ほど職員室の側壁の空間へ頼りなげに歩いて行く。象が足を折って何かの曲芸をやるように、先に来た者から膝を折って座って行く。きちんと膝に手をおき、健気にも顔を真直ぐあげて、ニキビのできた顔や、うっすらとヒゲの生えかかった顔を硬直させて目を閉じる。彼らが私のクラスでないことで、私は内心ほっとしている。しかし、それはそれですむのではない。私が授業に立ったあと、猫がねずみをいたぶるように、どんな具合いに制裁するのかを私は知っている。生徒の非を言いたて、言いつのり、彼らが黙した、その黙し方のかたくなさに腹を立て、どんな具合いにのしかかって行くのかを、私は何度もこの目で見た。具合いが悪いことに、そういったことをする暗い衝動は、この私の中にもあり、それをしなければ収まりのつかぬ情念もあるのだ。それは生徒の犯したあやまちからふと触発される何かなのだ。私が、今、それをしないことは、今後もそれをしない保障にはならない。そう感じる。それが、この種の制裁で最も残酷さを発揮できるのが、分会長であり、三輪の学年主任である大野なのだが、その大野の前で、この私が両手を広げて、生徒らをかばう勇気を出せない理由なのだ。

「では、昨日の復習はこのへんでやめよう。今日はそういうはたらきをする貨幣を、どこで発行し、どんな風に調節するのか、そういうことを考えて行くのだ、いいね……」ようやく、私の内部に、教師として、この生徒たちに、教えて行くのだという情熱のようなものが、昂まって行くのが分る。私は昂まり、彼らを呑みこみ、そして、突然、ベルが鳴る。収縮し疲れ切って、萎え、しぼんで行く何か。そして、明日は、今日の昂まりは自作自演、一人よがりの空まわりであったことを確認するだけなのだ。明日、私が見出すのは、相変らずの沈黙。果して卒業して行った彼らの運命の軌道に、教育はどんな風にかかわったのだろうか、という深く暗い疑惑なのだ。

二十年前、あの焼野原を空きっ腹をかかえ、「教師になろう、俺は教師になって……」と考えながら歩いた、あの時、私はすでにある敗走を承認していたのかもしれない。当然、私は敗戦という事実を受けとめるどんな言葉も、思想も持ってはいなかった。ただ、空洞ができていた。当時、心の中にできた空洞であるにもかかわらず、それは躰の中にと言った方がいい程に突然、日常些細な行動をすら〈無意味だ〉と感じさせ、躰が動く力をさえ奪った。私はその場にへたりこみ、じっとそうしていると、不思議な、何者かに向っての殺意が、躰の奥深くから吹きあげて来るのが分った。闇商売をしたり、大学へ行ったり、そんな明け暮れの中で、肩巾の広い、ずんぐりした下士官風の男を見ると、ポケットのナイフを握りしめ〈やって悪いことは、何もない〉などと嘯いて、胸板を近づけたりしていたのだ。あの時と現在とで、空しさに耐えている、この姿勢においてどこが変っているのだろうか？　これがある限り、私はまっとうには生きられない、そう、あの時、私は思ったのだ。昔、浪人が寺子屋を営んだように、あっは。

　私は、煤煙のため、幹も枝もひねこびて細く、うす汚れて黄葉しているポプラを窓越しに見ながら、長い廊下を歩く。甘酸く饐えたような——恐らく亜硫酸ガスだろう——匂いが、地の底からのように這い上って鼻腔を刺激して来る。職員室に入ろうと戸に手を掛けた途端、大きなクシャミをしてしまう。空気までが腐蝕し、人間の精神に空洞が出来ぬわけがあろうか？　そうして、人間はみんなビジネス・ロボットになるのだ。などと、私には思えてしまうのだ。

　中学校の教師には空時間などというものはない。一日のうちで一時間か二時間の授業のない時間がある。この時間には担任クラスや校務の事務がワンサと彼を待っている。今年、私はこの担任を外された。左翼に対する報復手段の一つである。しかし、こんないやがらせは私になんの効果もない。受持つクラスのない淋しさなどという感傷を私はとっくに卒業している。私は空時間を活字を拾うことで忙しく、活字が意味を伝えない時は白昼夢を見ている。私は暗く、いやな人間だ。仲間と気軽るには話せないし、冗談の一つも言えはしない。それに彼ら同志、軽口の一枚下は腹のさぐり合い、あわよくば同盟を結び勢力拡張を図って……と思っているに過ぎないのは、分り切っている。悪くしても、俺は孤独でないと、うす汚れた肌を温め合っているに過ぎないのだ。斜に構えている私にはそう見える。それは悲しい認識だとしても。

「……先生、お電話です」と事務のT。

「ああ、どうも」と私は立って受話器をとる。

「ああ、もしもし、……ですが……」

「あのー、……さんですね」遠い女の声、これは聞いたことのある声だぞ。一つの鋭い焦点もなく煙が散るように口から出た瞬間、四方にぱーあと散って行くようなこの声。えー、これは、

「あのー、もしもし、あのー、わたくしー」

声は私の全身を包むように、それでいて遠く聞える。

「あーあ、あなたですね」と私は言った。

「そうです、お久し振り、あのー、お忙しい？」

私は受話器を置く。どっと私を襲う過去。傷のかさぶたをはがした時に感ずるような、かすかな痛みと、甘い懐しさを伴って想い出されて来る、それら。しかし、どうして、彼女はそこに私を呼び戻さなければならないのか？　私には、今、あなたを支えることなぞできはしない。私は私一人を支えるのが精一杯なのだ。

「文学は不健康だ」と宣言し、同人をやめ、司法官となった蓬田は賢明だったのだ。そう言い切れる蓬田の「健康さ」を軽蔑していた私は、今、その自負していた「不健康さ」によって手ひどい報復を受けてはいないだろうか？

「会っていただけません……。蓬田が転勤してもう二年になりますのよ……」耳底で令子のはかないようで、華やかな声が鳴っている。私を去り、「健康」に追従した令子を私は憎むことはできなかった。「殺意の文学」などと口走っていた私を、見捨てるのは時間の問題にすぎなかったのだ。

唇を合わせる時、令子は沈丁花のように匂った。別れて会うこともなくなった時、喪失の痛みの中

から、必ずあの重い香りが漂って、私を苦しめた。そう思うと、顔が火照って来て、誰かに見られているように感じるのが我ながら妙な具合いだ。目の前で活字が膨らんだり、縮んだりしている。「令子よ、令子よ……」と渇いた喉の奥で、私は声にならぬ声で呼び掛ける。白い厚い肉体が温く私を覆う。私は凌辱し、弾みあるその実った果実のようなものの輝やきを、見る影もなく打毀わし、だらけ、すさみ切ったものにまで変質させてしまわなければ気がすまない、と思う。だが、それはできない。どうしても、できない。何故なら、令子の肉体は厚く引き締まり、輝やきをもって私に迫ってくるところまでしか進まないからだ。兵隊帰りの私はニヒルで、すごんだことを口走ってはいたが、女を裸にした経験さえなかったのだ。令子を凌辱しようとするイメージは、妻との乾いたセックスへと萎縮して重なって行かざるを得ず、あの玲瓏たる顔をした、秀才の蓬田の冷い笑いが、閉じた眼の底から私を挑発して来る。だめだな、と思う。すると疲労がどっと私の肩を襲う。

〈何ものも、お前の上には実らない〉口癖の呪文のような言葉と共に醒めた意識が戻って来る。

　次の時間の始業ベルが鳴っている。私はタバコを捨ててゆっくりと机を離れる。時間は過ぎ、〈教師には向かず、良い教師であろうとすることは徒労だ〉という思いのみが深まり、それにもかかわらず、全身の声と力を振りしぼって何ものかに挑みかかっている自分を、私は不思議なものを見るように見る。〈未来はどこからも来やしないじゃないか？　おい、お前さん、そこで何を力んでいるのかね〉

〈人生はドラマじゃないんだ。セルフサービスで舞台廻しをする他ないんだ。余計な差出口はやめてくれ〉

　私は私の仕事をやっていくために、無限に、こんな内面の会話をくり返してゆくことだろう。こんなことに、いつ終止符が打たれるのだろうか？　頭に白いものが生えかかって来た私を、同世代の役付きの教師が、敬遠するように、あるいは哀れむように、ちらっと視線を送ってよこし、年下の若い教師は、はやくも敗残者の面影を引摺った者への軽侮をこめた眼射しを送って来、近寄る者さえない。

正午、私は妻の手作りの弁当を、冷い給食用ミルクで流しこむ。喉を通って、胃の腑に下降して行く、それが実によく分る。〈こういう感覚というのは、奇妙に動物的なものだな〉などと、ちらっと考え、しかし、私の思念は自然に令子の電話へと引き戻されて行く。今日、私は、事務局会議の始まる前に、令子に逢いに行くだろう。令子を支えるどんな才覚も実力も、私にはない、としてもだ。十余年の歳月が洗い出し、変形させた、何ものかを確かめるためにだけでも私は、そこへ行くだろう。

急造のバラックが建ち始めてはいたが、草茫々の野原の、所どころに焼けぼっくいの棟木を風に晒らしている風景の方が広く残っていた。そんな中での青春ではあった。とは云え、私にも青春と呼ばれる季節はあったのだ。

敗戦のショックで何か訳の分らぬ急迫した情念を抱き、その実感だけを頼りに、凄絶なことのみを口にしようと決意していた私を中心にした同人誌は、真面目に努力した才能ある数人をセミプロ作家として世に出しただけで、解体してしまっていた。それにしても、同人を脱退する時の戦利品のように、令子を横取りして去った蓬田が、どうして今頃になって家庭をこわすような所行に出るのだろうか？　司法修習生になってからの新家庭を、私は数度訪問したことがあった。焼け出された用地に二棟の急造バラックがあった。新しく小さい方が彼らの住居で、やや大きめの、奥まったところに両親のそれがあった。荒涼たる当時の風景の中で、それは及び難い幸せの象徴とさえ映った。敗北を認めたくなかったための訪問でしかなかった筈だ。あれから、時候の文通ぐらいしかなく、それも途断えてしまっていた。十年近くの空白を埋めるどんな想像も私に働らきようがなかった。ただ、彼らの家を辞して帰るさに、振り返った家の窓の明りに、私は限りない痛みに似た敗北感を感じて、身を支える力を失ったのだった。暗い道の中にうずくまった記憶が今も鮮明に私の中にある。

ゆらゆら昇って行くタバコのうす紫の煙を見つめていた私の背後から長身の清田が、

「先生、おひまそうですね」と言って近よりざま、紙片を机上に辷りこませて去って行った。

「えっ」と答えながら、私は何気ない風を装って、そのルポを開いた。党員の清田、私の組織の三輪、そして私。孤立し、手も足も出ない私たちは、こんな風に連絡を取り合うのだ。そのワラ半紙には「今日の、分会会議で、県教祖不信任の動議を出すのですか？　連絡下さい。K」と黒のマジックで走り書きしてあった。これはどういうこと？　細く、ぐにゃぐにゃと曲りくねったこの文字、いやにKの字だけが、律儀に書いてあるなあ。私は瞬時、意識を失っていたかのように、ぼんやりそれを見ていた。過去が私の思念を釘づけにし、現実へ立ち戻ることを渋らせている。追想というものの甘美さがそこにはあったのだ。

〈令子よ……〉と私は追想を振り切るように呼びかける。〈ぼくはあなたを憎んでいる（ことにするのだ）。ぼくはあなたを恥しめ、ぼくのかつての苦しみを、あなたの上に再現させる。それでも、あなたはぼくを必要とするのか？　言ってほしいのだ〉そして、私は過去からの想念を打切る。

代々木、共産党は、今、揺れている。いや、厳密には日本共産党、K市教職員組合細胞は、日教組傘下、全国統一賃闘スト突入、二十三都道府県から脱落した、このK県教組執行部不信任問題で揺れているのだな、と私は清田の走り書を見ながら思う。共産党中央は党勢拡大・防衛のため賃闘ストそのものに反対した。突入寸前でその方針を撤回したのだった。統一ストから脱落したK県教組執行部不信任などと見栄を切れる道理はなかった。私たちの組織はすでに、早く、不信任動議提出の方針を打ち出し、全県下活動家にパンフを流し終っていた。私は引き出しから紙片を出し、そこへ大きく書いた。

「内閣の失政は、総辞職によって取る。これが常道である。今、組合に常道のルールを守らせるのが急務である。闘おう！」

これでいいのだ、という確信が私にはある。提案が通るか、通らないか問う必要はない。K県教組は過去十数年に亘って、県下の郡市部単組執行部が教育委員会、校長会の御用組合であり、その上に乗った連合執行部である。だから、日教組傘下にいて、今日までまともな統一行動を組めた試めしはなかった。新教育委員会法反対闘争に始まる反動教育反対闘争の数かずを私は想い浮べることができる。そして、安保改定阻止闘争に先立つ、日教組最大の闘争と云われた勤務評定反対闘争において、私たちのK県教組は犯罪的な裏切りをやったのだ。つまり「勤評K県方式」という名の妥協、実質上の勤務評定を県教育委員会と締結、組合大会その他の内部機関では絶対阻止を叫びつつ、何ら正式機関に諮ることなく突如新聞発表の挙に出たのだった。しかも、その時期は、日教組委員長林武氏が右翼に襲撃され流血事件が起きていたり、また、E県、I県などが当局の弾圧によって苦しい闘いを強いられており、その日の実力行使を全国一斉に行うことは、それらを跳ね返す力を示す最大の山場とも云うべき時であった。K県の組合員が闘争から脱落、「K県方式」を承認するのは仕方がないとしても、承認は事後のこととして突如マスコミに、統一行動から脱落を発表してしまえば、統一行動の威力よりは、脱落の奇異を宣伝するのは目に見えていた。果して「勤評K県方式」は敗北への水口を開いた。それは、その後陸続として「O県方式」という名の実質上の勤評が作られて行くことによって証明された。そして、K県教組とその傘下の都市部単組はどんな要求にも大きく無視され、小さく犬の餌食のような〝成果〟を当局によって与えられ〝分裂なきK県教組の成果〟を誇示しつつ、急進派活動家、組合員一般を抑え〝指導〟して来たのだ。このK県教組史の背後に〝急進派〟とレッテルを貼られた私の教師生活はあった。それは仕方のないことであった。私が教師に就任したとき、あの敗戦を通って来たあとで、組合までが校長会推薦役員によって構成されることを知って、びっくりしたのだったから。私は思ったのだ。

〈それじゃ、あの〝敗戦〟は無駄だったのか?〉と。

学校の昼休みには、職員室は騒然としている。教師たちの談笑と、出たり、入ったりの生徒たちとで。だが、ふと私の周囲が静かになっているのに気付く。正午休み終了のベルが鳴り終り、今、始業のベルが鳴り始めようとしている。

〈清田さんよ。これでやってみようよ〉と内心で呟き、党員清田が同調しないこともあり得るな、とちらっと考えながら、紙片を握って私は席を立った。便所の窓から見える晩秋の空の消えてしまいたくなるような青に、ふと私は悲しみに似た感情がせり上って来るのを意識して、

〈ああ、ここにでも、こんな空があったのか?〉と呟いてみた。

四

まるで、疲労素というものがあって、躰の芯の方から、ちろちろと燃えている具合いに、熱っぽく、だるいのだ。しかも、心の方は小さく萎ぼみ、なえてさえいる。午後の授業が終り、やがて分会会議が始まる。

いつものように、私と三輪は、傾聴されてさえいない発言を強行し、動議であることを固執し、採決を要求して、彼らと対峙するだろう。その名称し難いしんどさ、重い沈黙の否。底知れない無の中の、大衆のどす黒い情感と打算。あの測り難い息づかい。奴隷船の船長のように、下うつむいて舟夫の動きを窺う組合員である校長、教頭の面前での、あの対決。

私が、何故、それを引き受けねばならないのか？　コミュニストである清田や、ニュー・レフトに傾斜している三輪に、闘わせておけばいいのではないか？　中年になろうとする私が出ることは、あの権力に忠義立てしている大小ボスたちの対抗心を煽ることになり、得策ではない筈だ。

〈そうだ、そうしよう〉と私は確信なく、そう思う。職員室の空気は会議の始まる前から緊張しているのが、机の上の活字を懸命に追おうとしている私の肩先に、ぴりぴりと伝わって来る。一尺位の通路を距てて、斜め前にいる、三輪と同年に就任したという英語の若い女教師の、短いスカートから出た、円やかな膝小僧が、無意味に気にかかる。彼女はもう会議中のアルバイトを始めている。テストの採点だろうか？　百％の無関心派で、どうやら、急進派を避けている気配のあるこの娘、なかなかの美人ではあるが、要するに、熟し、落ちるために身構えたまま、痴呆になった女だ。などと、かつて、無礼なことを、私は考えたものだ。


「バッカヤロ、こ、こんなもの書いていやがって、これ、これなんだ……」

「光沢もなければ、品もない。無から創造しようって、張りもない。バッカヤロ……」

大柴の普段は内に閉じられた茶色い目が、バセドウ氏病のように、ぎょろっと飛び出し、鋭く私を射すくめる。私たち組織の会報に載った私の文章を指して、彼はなおも、言いつのる。

「えっ。イデオロギーで裁断して、てめえさんの精神が荒れていなさるってことぐらい、分らねェのかねェ……」と、あそこで大柴は声を、故意に落したんだ。そして、大勢の観客にでも見せるように、ひらひらとその会報を宙にかざし、なおも、喚めいた。

「ヘッ、何が闘いだ。呼びかけている相手を、てんで信用もしねえで、抵抗の戦列に結集しよう、だと、バッカヤロー。これが、われわれ戦中派のなれの果ての文章か？……」

「やめてくれ、もういい、分った。大柴、やめてくれ」

「いや、やめられねェ。そこいらの若いのを集めやがって、お山の大将気取りでいやがって、なんだ。バッカヤロー……」

大柴の〝バッカヤロー〟は止め度なく続いた。私が、そんなには酔っていないだろうと思って、不用意に会報を見せたのがまずかったのだ。あっちの雑誌社からこっちの雑誌社へと、編集、校正の拾い仕事をしながら、どうやら、売れない作家ではありながら、作品を書き続けている大柴には、なお、あの焼土の中での凄絶さが残っていた。通俗味の少しもない、それでいて、奈落の底に落ちた殿様蛙とでも形容する他ない、不気味な体臭と、鋭い眼光を放つ文体で、筋も何もない作品を幾つか発表していた。私は彼の作品を読むたびに目をそむけることがあった。エロでも、グロでもない、しかし、そこには、息をひそめるような、酷薄な絶望が歌にならぬまま、しめやかに語られていた。私は、あの「殺意の文学」などと口走りながら、そこへ墜落することを、昔から、ひそかに怖れていた。

「なあ、おめえさんはよ。昔から教祖じみたところがあった。それも小っぽけなチンボコしかねェ教祖様だ。あっは。おいっ分るかっ」

大柴の声は隣室で寝ていた娘を目ざめさせ、怯えさせた。ドアを開けた万里は、

「パパ、けんかはだめよっ」と言いつつ、半ベソになりながら、手をふりあげ、大柴に立ち向って行った。

その夜、私は蒲団の中で涙を流した。私の精神の底には〝絶望〟があった。その底から、社会参加への、闘いへの道すじは、己れ自身にもすっきりした道すじとは見えていない。そもそも〝絶望〟からどうして大衆を信じ、それに依拠した闘いの思想へと移り行けるのだろうか？　そこを私は衝かれた。かつて、「なあ、女なんてのは、一人の男にキッセンを与えて、もう一人の野郎に身を委せる芸当ぐらい平気なもんだ」と、令子を失った私に慰め顔に言ったこの男に、私は、ものも言わずに平手打ちを喰らわせたことがあった。そのような低い、通俗な次元でわれわれの〝絶望〟を表現して欲しくなかったし、何よりも私の中の令子を、それはひどく辱しめた。今夜、二階で大いびきをかいている男に、私は私の立つ立場そのものの虚偽性をあばかれたのだ。そう、あれは夏休みのことだから、もう、三ヶ月も前の事になる。

私は内心に大柴の〈バッカヤロー〉という声を聴く。耳では、しかし、私の列の左前で、あの童顔を紅潮させ、ずんぐりした十六貫の体軀の背中を猫背に屈めながらの三輪の発言を、聞いている。

「全国で三県の脱落、しかも本県は二年連続してという、この屈辱的な結果について、執行部はどんな責任を取ろうというのですか？　その点をお聞きしたい」

「では、この学校に籍をおく、市教組その副委員長、桧山先生にお答えいただきましょう」と、質問を待伏せしていたかのように分会長の大野は、あの嗜虐的な目を光らせて言う。おや、桧山は来ていたのか？

「ただいまの、三輪君の質問についてですが、それにお答えするまえに、若干、当時の情勢について説明しますのが、筋と考えますので……」と、例によって口を尖らせ「若干」を連発しつつ、長ながしく情勢分析とやらをやる。私の大学の先輩であるこの男は、この学校内の出世競争からはずされ、校長会長でもある前校長が処遇に困って、出世コースのもう一つの道である組合へ推挙した、というのが大方の噂であった。昨年の役員選挙では、副委員長の二席をめぐって、校長会推挙二名、日共系一名、そして組合正常化のための統一戦線を主唱する私たちの組織から、私自身が立候補し、校長会系二〇〇〇、日共系八〇〇、私が六五〇という、それこそ私にとって屈辱的な争いをやった相手であった。桧山の説明は長く、組合の会議に情熱を持たぬ分会員は倦き、そして提案は、いつも不当に短時間のうちに、採決された。

「したがって……」と桧山は言う。

「残るのはY市、K市、S市のみで、闘いは組めない。強行すれば、弾圧は集中し、分裂は必至である。むしろ、スト突入前日まで九〇%突入の確認をしつづけ、整然と隊列を後退する方が見事な出所進退であったと言わねばならぬ。そこで……」と副委員長は声を高めて、三輪を見すえながら言う。「来年の役員選挙まで、途中で投げ出さないで、執行体制を維持すること、年末ボーナス闘争も、ここで改選すれば組めないのですから。その方が責任を果たすことになる。お分りですか？」

同時に二つの手が挙がる、清田、三輪だ。

「では簡単に、清田さん」と分会長。

「桧山さんに質問しますが、そうすると、この10・21ストの脱落は、三市には責任がない。郡部だけにある。それから、全県を指導する立場の県教組執行部にも責任がない。こうですね。僕は……」と言って、長身を持て余す気味に体を揺すって、バサバサになった髪が額に垂れ下がるのを掻きあげながら、臆したように次の言葉をなかなか言い出せない。そして、やがて激したように、「僕はですね、その郡部が挫折したのは何故なのか？ という分析が必要だと思うんです。それは、きっと県教組の長い指導のやり方に問題があると思うんです、どうですか？」と言いざま、ガタンと音を立てて椅子に腰掛けた。

分会長が立ち、桧山が立って、長ながとやる。そして三輪の挙手、指名。

「もう、だめだったものはだめなんだ」という四方からの声にならぬ声。

「豚だってよ、掛け合せる途中で、やめさせたらな、ええ、どうなるか知ってるか？ あんた」と言って、みんなを笑わせていた自称左派社会党、心情ファシストのKも、何も言わない。「勤評K県方式」当時の、委員長であった校長は微笑しつつ、三輪と桧山のやりとりを見ている。〈三輪さん、もうやめなさい。憎まれるのは私がやればいいのだ。見ていなさいよ〉「議長、動議っ」と声を抑制し、さりげなく装いながら手を挙げる。足の底からの怯えが全身をとらえているのが分る。

「……さん、もう時間がありませんので、今度にしていただけませんか」と分会長。

「いや、今度では間に合わなくなります」

「では、どうぞ……」

「私は、分会の名で、現K県教組執行部の不信任を市拡大中央委員会に提案することを、動議として提出します」マッチを擦る手が慄え、〈お前は、何故、怯えるのか？　こういう姿勢に無理があるならやめるべきなのだ〉などと思えて来る。

「……さんの動議について討論することに賛成の方ありますか？」と分会長。挙手二名。

そしてあれ程の闘いの綜括であるこの分会会議の、なんと短く形式的なことか。そして採決。二十対三、保留五。会議中に帰り支度の完了していた職員の大半は四散し、硬わばった顔をした〝急進派〟三名はのろのろと帰り支度を始める。共稼ぎをしてでなければ、一人前の生活すらできない教師、そういう人びとの哀れさは、ここにない。ここにあるのは、己れだけはこの中から脱出し、登りつめて見せようという逞しさと、あきらめである。そういうバイタリティも、あきらめの良さも、私にない。理念としての大衆像によって、現実の大衆は切れない。そう思う。しかし、矢張り私は怯えをすら押して、立った。口惜しい、と思う。

茜の空に、すでに太陽はなかった。三人のうすく長い影が路上に落ちているのを、振り返った私は見た。一番長い影に、何かを言いたかった。その言葉が私には見つからなかった。

「今日は、沈黙でみんなに切られたな」と私は言った。

「どうしようもありませんよ」と三輪が受けた。

「フラクを開きませんか?　定期的に……」と清田が言った。

「えっ、フラクを……?」と三輪がびっくりしたような声で言った。私も不思議に思った。彼ら日共は私たちの組織をトロツキスト集団として、統一戦線の提唱を拒んでいた。勤評闘争以前には共に闘った、旧友でもある責任者Sはひそかに私に逢いに来て、私たちの組織の中の秋田他数名がいなければ、統一戦線結成に応じようと言った。それでは統一戦線の趣旨に反する、と私は拒んだのでもあった。

「矢張り、現場じゃ、一緒にやって行かなきゃ、とっても持ちませんよね」と、例の八重歯を見せて彼は笑った。すんなりと育った清田のその笑いが、私が言いたかったのも、こんなことだったのだ、と思わせた。

八〇〇と六五〇の差、それは日共とそのシンパが私に票を入れなかった結果であることは分っていた。選挙では別で、現場では共闘を、という清田の提案は、何か虫のいい要求のようでもあるが、組織決定などにこだわっていられぬ、追いつめられた者同志のぬくもりを感じて、私たちはフラクションをやる約束をして、私鉄K駅で分れた。

「三輪さん、これから、人に会わなきゃならんのだけど、事務局の方、早やければ行くけど……」と国電の駅に向かいながら私は言った。もう空に茜はなく、薄暮の夕闇にネオンが煌らめいていた。

国電Ｏ駅の西口を降りて右手に曲ると、三軒目の菓子店が指定されたその店だった。喫茶部は地下になっていて、ゆったりした感じの洋風の建物の、ところどころに和風趣味を取りこんだしゃれた作りになっていた。別段、照明が明るかった訳ではないが、自分が、今、みすぼらしく感じられる。かばんの四隅がすり切れて、芯の金具のばねが飛び出しているのも気になった。見渡したところ、彼女はまだ、来ていないようだった。空いた席に坐って、コーヒーを注文すると、私はにわかにすぼんだ風船玉のように、小さく萎えて行く感じなのが心もとない。肩や腰にかすかな痛みが感じられる。私は目を閉じ、体内の骨の琺瑯質が古くなって、ぽろぽろ欠けて行くのを想像した。

〈もう、私は若くなく、疲れ切ってしまった〉と思う。どうして、私だけが、革新運動や、内面の空虚に忠実でなければならないのだろう、と他人事のように思った。そこへ、コーヒーが運ばれて来、砂糖とミルクを入れてすするようにして飲むと、熱く、豊かなにが味がとても美味しく、感じられるのだった。

いっそ、令子が、このまま、来てくれないことを、私は望んでいる風だった。三十を半ばも過ぎた世帯やつれした女との再会に、どんなロマンチシズムもありはしない。編集会議の帰途、令子の家の手前の路地で、目立っておでこだったその額に、やにわに唇づけをしたときの、あのおでこの下の気むずかしい深い瞳も、もう乾いた輝やきをしか持っていまい。何故、のこのここんな所へ出て来たのか？　彼女にとっても、私にとっても、深いところから相手を必要としていた時は、もう過ぎたのだ。余燼をかき立てれば火もつこう、しかし、そのついた火にどんな意味があるというのだろう。そう思う。しかも、そう思う一方で、あの「健康」な本質的に健康な者でしかあり得なかった蓬田を憎んでいる、私もいた。その「健康」者に加担した令子を通して、健康な者たちの表皮をひっぺ返して見たい、という欲求があった。

　健康、健全な者たちとは何か？　充足し、のめり込むことを知らず、日常的な一切のものたちの擁護者であり、そこを全存在の領域であると区劃する者。それ以外のものを冷酷に排除し、排除しつつ生きていることを幸福にも意識しない自足者、エスタブリッシュメントだ。建設家、政治家、要するに人類の教師たちだ。特権的な教師である裁判官、それこそ、蓬田よ、お前だ。

〈あーあ、そうなのか、いちち……〉と、私の内部で痛むものがある。私は教師であった。しがない中学校教師でも、矢張り教師であるには違いなかった。そうか……。これで、分るような気がする。飛びあがる思いをこらえて、自らの発見を、吟味しなければならないと、思う。

　あの兵隊帰りの学生が、焼野原をほっつきながら考えついた、「教師になって……」というコースは、破らるべくして破れる運命にあった、欺瞞の選択ではなかったのか？　アンチ・エスタブリッシュメント、非建設家にして、価値の破壊者、新たなる価値に飢えたる者、「人類の教師」ではない教師、自らを自ら破り出て行く教師、そのような危ういところで、辛くも、私は教師でなければならぬ教師であったのだ。しかし、本当に、本質的に人類の教師ではない教師なんてあり得るのだろうか？それは欺瞞だ。欺瞞。

　私は腋の下から冷たい汗を流していた。身をよじるようにして「教師をやめたい」と思った。すると、ふっと、目の前に、長四角の竹の鳥籠が置かれ、黒褐色の鳥が、右の止まり木から左の止まり木へ、そして天井へと飛びつづける情景が浮かび、それは執拗に消えて行かないのだった。私はその鳥影を目で追いながら言う。〈物たちとの親密さを取り戻したいのだ。私は危うい生活をしつづけて来たから、ねェ、許してほしいのだ〉と……。

令子はなかなか来なかった。カウンターの白壁にある時計は、約束の時間を三十分余の時を過ぎていた。その時、針を見つめていた私の視線を遮えぎるものがあった。紺地に小さく白と赤の花模様をあしらった着物を着た令子であった。

「私、ずーっとあちらにいましたのよ……」と私の後方の席を指さした。

「あなたは、変っていませんね。夢中で考え事をしていたようだったの、私が入って来たのも知らずに……。ちょっと面白かったから、とくと眺めていたの……」

「あーあ、どうしたというんです」と、私は自らを現実に立ち戻らせるために、間のびた言い方をした。

「お久しゅう……」と、こちらの身をくるみ込むような声で、彼女は言うのだ。この人の、どこに、不幸の影や、私を呼び出さねばならぬ必然があるのだろう。あの頃はどんな髪型をしていたのか？いま見る令子の髪は無雑作に引きつめられ、あのおでこがそこにあって、この私が唇をそこにつけたなどとは思えないのが不思議だ。それに、あの頃のままに、目ばゆく成熟したと思えるのも、つい先刻の想像と馴染めない。これを薦たけるというのだろうか？　レースのショールを、テーブルの隅に置いて坐る令子を見ながら、私はそう思う。

「突然のことでおどろいておられる？　でも、以前から、お会いしたいと……。蓬田が転勤したのは二年前、どういうのかな、ま、一緒に行きそびれたって具合いなの……」と、老退役職業軍人の娘であった頃のままに、あの頃は、ひどくもどかしく聞えた、焦点もなく四方に散って行くような声で、彼女は言うのだった。権威主義的な父と、先妻の娘に献身的であり過ぎる義母との家で育ち、息をひそめるように大人しく過して来た彼女が、戦後の大学の小同人誌の仲間たちの中で、黙し勝ちに求めていたものを、私は知り得た、と思っていたに過ぎないのかも知れぬ。

「私には、文学などというものは分りませんのよ。ただ、こわいもの見たさ、っていうのかしらね……」そんな風に、女性仲間と話していたのを、その一風変った声のためもあって、私は記憶したのだ。今も、その声で「行きそびれた……」と言うのだ。「行きそびれる」というのは、どういうことなのか？　と私が考えているうちに、

「あなたは、変ってないわ、いつも、疲れたように……」と、正面から私を凝視める。その瞳は額に眩しく、

「で、私にどんな……」

「私たちは……」と彼女は言った。子供がないとは云え、律儀な〈おそらく、プチ・ブル的な〉生活を送っていたのだ。殊更らにエスタブリッシュメントである司法官という職業が、それを要求するのだ。現実の不可解に隣接していればいるほど、そうなのだ、ということは私にも分る。しかし、その才能ある人の妻である彼女に、あの〈恐いものみたさ〉という欲求が抑えられなくなっていた。律儀で健康な生活のからくり、それが見えて来てしまうのだ。

「ね、毎日、時間があるでしょ。昔、あなたに習ったように、原稿を埋めただけよ。でも蓬田に見せ

たいとは思わない。軽蔑されるだけだと思うの……」

「ほう、それは……」と私は言った。そういう以外にどんな言葉があったろうか？　この私ですらが、大柴の言う「荒れた文体」の、アジプロ原稿しか書いてはいない。私たち同人のせいぜい、ずっと、年下のシンパとしか言いようのない彼女が、発表のあてもなく原稿を綴って来たとは……。

「ふふん……」と彼女は、昔、照れたとき、よくやったような笑いをし、その細い鼻隆の頭にしわを寄せた。

「他人様に見せられるようなものではないわ。でも、あなたにだけは、ぜひ、読んでいただきたいものもあるし……」

「いや、ぼくはもう他人のものを批評できる力はない。それに、大柴や、そのほか、作家として立派に世間に通用している奴がいる……」

「………」

そして令子は口を開かない。こうなったらてこでも口を開かない女《ヒト》だったな、と私は想い出す。あのびちょびちょとみぞれ混りの雨が降る冷い夜、あれが最後の夜だった。

「教えてくれ、何故、僕が怖いのか？　怖いというだけでは分らんではないか？」

「僕の何が怖い？　このまま、別れる。それは仕方がない。しかし、怖いから別れるというのは、僕には納得できない……」

「………」

破れ靴からぐしょぐしょと水が浸みて凍えたようになり、傘を持つ左の手も冷えて感覚が鈍くなった。頭だけがいらだちのため熱かった。しかし、本当は、別れるのがいやだったのだ。私には「怖い」という意味が分らないわけではなかった。新宿から高田馬場の裏路地を縫って、私たちは歩いた。そして、左手に線路を見下ろす高台、右手に球場のあるあたりに出たとき、頑くなに黙した彼女に、手を挙げたのだった。どうして、この私に、それが分らぬわけがあろうか。私にとってさえ、私自身が「怖い」異物に感じられる、というのに。

　抑えても、抑えても底深くから噴きあげる絶望があった。いや、安易に絶望などと言うまい。あの八月十五日、兵営の広場の上にあっけらかんと広がる空の下、今まで信じていたものが一挙に崩れ去るのを感じた者のみが知る、この世界と自分は、どこで、どんな風にも連っていない、という孤絶した嬰児のような存在感。日常、いつ、どこででも、私の内部から突然、それが私を襲う。見る見る遠くへ去って行く私の世界、私はあらぬことを口走り、ともかくも何かに身を寄せ、この世界のなんでもいい、しっかりとした存在に必死で摑まっていなければならない。令子が、あの頃、その何かでなかったとは云えない。そうであれば、なおのこと、令子が去ったあとの空漠感を、私はなんとしても回避せねばならなかった。

　この手だったなあ、と私はコートのポケットに右手を入れて握りしめて見る。あれは、私が就職した二年目の冬であった。令子が、あれをどんな風に書いているのか？　そして、今、蓬田との危機をどんな風に迎えているのかを、私は知りたいとも思う。知ったところで、それは現在の私に遠い他人のドラマに過ぎない、そう思ってしまえない、何かを私は感じている。これは何んだろうか？

「読んでほしいものだけ、送るわ。いいのでしょう……」

「……」

「また、だまってしまう。相変らずなのね……」

「……」

「昔も、そんな風に疲れて……。私、間違っていたのかも知れない。万事にやさしすぎる人は、いつも立ち往生するものだって、この頃、分って来たの……」

「えっ、やさしすぎる？　それ、この僕のこと？……」


彼女は原稿を送って来るだろうか？　女が、本質的にアウトサイダーであり得るのだろうか？　私は勤め先で結ばれた妻の現在を以て類推してみる。どう見ても、現世的なものからはみ出した存在ではあり得ないように思える。令子は「あなたに習ったように」原稿を書いている、と言った。私に習うなどということがあろうか？　文学などというもの、人に習って書くものではあるまい。まして、ついに、私は文学においても不毛、生活者としても不毛な精神らしいではないか？　ちかちかと光る街の灯を後へ、後へと押し流しながら電車は闇の中を走っている。そのリズムは、窓に額を押しつけている私に、私自身が、闇の中を走る一匹の怪物のような錯覚を抱かせる。

〈盲滅法に走っているかな、おれは……〉しかし、どうしたらいいのか？

〈限定すればいいのだ。軌道を、設定しろ〉そうかなあ。すると、人生は、何かの過程でしかないことになるなあ。あの時、最後に「読んで見ましょう。送ってください」と言ったのは、あの健全健康で、玲瓏たる顔付きの蓬田の表皮をひっぺがすためでもなければ、危機にある彼女を理解し、救援の手を差しのべるためでもない。ほかならぬこの私が、脱出したい。なんでもいいから、私自身を、足をもがれ、手をもがれているこの私を、別の情熱から眺めてみたい。そう思ったからではないのか？ここに、この私の前に、昔のままに臈たけた（と云うべき）令子がいる。その人の中に、私は抱きとられ、溺れつくしてみたい、そう思ったからではないのか？　あの豊かな令子を、押し倒し、押し開き、凌辱して、何が悪いことがあろうか？

電車は六郷の鉄橋にさしかかる。震動は激しくなり、対岸K市の灯は、土手に沿って、無数に私を監視し、拒絶する箭のように、目に突き射さる。あの無数の灯の下の、しなびたセックスたち。こまごまとした〝日常〟に翳め取られ、ひねこびて萎えすぼんで行く陽根たち。現代では日常と非日常とは連結しない。日常の論理をふみ破ってでなければ、あのキノコ雲や、文化大革命や、ベトナムの、非日常へと連結はしない。

私は、この橋を渡り切って、停車するであろう駅で降り、非日常の世界へ、イデオロギーの修羅場へ行く、だろうか？　私には、そうすべきだという、イデオロギーに対する義理立てはない。そうしなければ、私はしかし、後で悔むであろう。何故、悔むのか？　私の生活を救うためなら、手取り早く、エロ小説でも書くか家庭教師でもやればいい。一家を支える収入すらない私が、何故、組合の正常化などということを提唱し、走り回わる必要があるのだ。あの仲間である教師たちは、それを迷惑に思い、二〇〇〇対六〇〇という意思表示をし、〈教育現場では校長と協調しなければやって行けませんよ〉と、呟いているではないか。そうやって来たからこそ、K県は、今日まで、分裂なき組合史を誇れるのだ、と現執行部は「K県方式」を高く自己評価している。〈しかし、御用組合では、ついに、あの非日常へと、高まることはできんじゃないか〉あの非日常へと、高まるために、日々を〝過程〟として過して来たために、私の心がささくれ立ち、物たちとの親密な交渉を失い、正に、家庭から、職場から疎外され、不可触民のようになり果てる危機を迎えているとしてもだ。

池の中の金魚や鯉、竹籠の中の山がらや目白たち。あれらの中にあるじっとりと重いもの。あの充実を失っても、私はあそこへ、行かねばならぬ。現在では、日常のもっと深みへ下降し、沈潜しそこから成熟して行くという具合いには生きられない。成熟というものから見放され、貧相になり果てて行く、それは仕方のないことなのだろう、きっと……。

五

事務局会議は、K駅近くの裏露路の一角にある、少しくたびれた感じのアパートの一室、そこは元管理人の部屋にでもなっていたのか、そこだけが小ぎれいな六畳間の洋間で、組織の副議長をやっている浦部の部屋で持たれる。最近、浦部は母校T大の大学院へ籍を持ち、昼と夜の中間位のところへ出講している。職場の終鈴を聞くと、週二回そこへ駈けつけるのである。彼は同時に、K市教職員の合唱団の指導者で、素晴らしいテノールの持ち主である。そういう訳で、最近では組織にも余り顔を出さない。私には、それが少し不満でないこともない。もともと、この組織をつくる直接のきっかけになったのは、彼が勤務先における苦情を、私に打ち明けたことに端を発している。

昨年の春、私は、学校の帰路、駅ビルの本屋で買った新刊書を喫茶店でめくっていた時のことを忘れてはいない。こげ茶色の背広を着た長身の男が、不意に私の前に現れ、

「……さんですね」と言い、「僕はM中の浦部ですが、少しお話がありますが、よろしいですか？」

とやわらかい深みのある声で言ったのだった。教師になって六年間、一度もクラス担任をやらされたことがなく、今年の春も七度目の無担任教師になった、といういいねじくれるような屈辱感が、あの告白になったのであったろう。教育の現場の中で、多少まともにものを考えれば、革新的言辞と取られ、本人の意向にお構いなく、〝左翼〟とレッテルを貼られ、報復人事をやられ、仕事から〝干される〟のである。今では、私はそれを逆手に取って、むしろ自分の城を守ろうとしているが、七年間の無担任というに至って、私は唖然とした。

「でも、それは我慢できます。屈辱ではあっても、耐えることに、未来への展望があるならばですね……」と浦部は目を落した。

「…………」

「でも、勤評闘争のあの民主戦線側の分裂以来、日共も新左翼も、そして、先生のような無党派の活動家も、停滞と後退をつづけているばかりではありませんか？　御用執行部を有効に突きあげることは、こんなばらばらな状態では不可能ではないですか？　そうお考えになりませんか……」

「そう、そうかも知れません……」

「先生のような方が、新しい統一戦線を提唱して下さると助かるのですがね」

「いや、私など、もうどんな影響力もありゃしません。それより干されるという状態は、過去の活動家はみんな経験して来たことですよ。それを個人的にでもプラスに転化することを考えなきゃ……」

「ええ、分っています……」と浦部は力なく答え、コーヒー茶碗をゆすって底の方に残った液体を口に持っていった。あの顔を、私は今も忘れていない。

たしかに、勤評以前には、民主化の運動自体が横に拡がり、活動家は結集してい、執行部にも半数近くを送り出していたのだったから、浦部のような問題は、拡がり深まる運動の中で、やがて組織的にも解消されるように見えていたのだ。

勤評闘争から安保闘争へとつながる時期、「K県方式」を打ち出していた県教組は、その頃、専従執行部に書記長、書記次長の二名を反主流派に占められ、しかも執行委員の半数近くまでが反主流派であるこのK市教組に、「K県方式」承認のための最大の難関を感じていた。こうして、K県教組育ての親を自称する、当時のK市教組委員長、B小学校長は、突如、〝執行部不統一〟を言い立て、執行委員会解散を動議し、臨時大会において、反主流派を半数近く抱えた執行委員会を崩壊させることに成功。ついで新執行部選挙に反主流派を圧倒し、勤評「K県方式」承認の地ならしを完了したのだった。彼らの言い分は「共産フラク」を追い出せ、というのだったから、「魔女狩り」「校長クーデター」などと囁やかれ、日教組中央でも反「K県方式」の声は高かった。しかし、勤評闘争は激化の一途を辿り、日教組中央の中にも「K県方式」支持派を産み、「泥沼闘争」から「K県方式」へと役員改選がすすめられていたのだった。私自身も県中央委員、市執行部給与対策部長としてクーデター罷免の一員に加えられたのだった。あの舞台廻しをやったのが、反主流派執行委員のHであった。無党派活動家の中でも寝業師と云われた彼が、寝返りざま、B小校長を説いて「共産フラク」による執行部不統一という筋書きを見事に成功させたのだ。ウカツな私は「共産フラク」と聞いて「馬鹿な!!」と思った。なぜなら、GHQによる「レッド・パージ」以後、党員などいる筈がない、と思っていたから、事実はSたちによる党員細胞は作られていたし、作られると同時に、分裂が始まっていた。それは「K県方式」反対の方策の違い、高まりつつある安保闘争への取り組みの違いから来ていた。いずれにしろ、大衆の赤ぎらいを利用し、仲間を裏切り、新執行部の書記長となったHを、私は憎んだ。執行部に席を失ったとは云え、「K県方式」反対の戦列を組むことは可能だ、と考えた私は、「教師と教育を守る会」の事務局長を引き受けた。しかし、反主流派内部の意見調整にのみエネルギーを奪われ、何ら有効な対策を執行部に対置できはしなかったのだ。党細胞をつくったSらは、「大衆的基礎」の弱かった反主流派が「校長クーデター」によって崩れた今「K県方式」記入の拒否闘争をやることは、組合に分裂を持ち込むことだ、と言い、安保闘争を通って、党を除名されるに至る、現在の革命的マルクス主義同盟員で、私たちの組織の事務局員でもある秋田らは、記入拒否闘争をやることが大衆的基礎を獲得する道だと、やり返した。「K県方式」は県下市郡部単産の承認を取りつけ、安保の闘いの渦の跡に、分裂の大きな傷を残した。

「そう、しかし、今、統一戦線を提唱するのはむずかしいことですね。日共もニューレフトも、同じテーブルに付く可能性はないでしょう」と、「守る会」の苦い思いを噛みしめながら、あの時、私はそう答えたのだった。一方、心の底では、〈これは、なんとかしなければならんのではないか。このモダンな浦部や、うちの分会の三輪や、若い志ある人たちが孤立し、苦しんでいる。どうにかして、展望を切り拓らかなくては……〉と、考え始めたのだった。あの浦部は、大学院とコーラスに、今、熱中し、組織を敬遠している。何故なのか？　ドアのノブに手を掛けながら、ふとそう考えた。ドアを開けると、螢光灯の光は煙草の煙で霞んで見えた。その中でのどの顔も、この一年で、すっかり馴染みになった顔ばかりだが、幾分は夜叉のように見えないことはなかった。

それまで司会をしていた高校教師崎田が、精悍な感じの顔を綻ろばせて「遅かったですね……」と言った。

「ええ、どうも……」と私は答えながら、ソファが満員なので、ジュータンに胡座をかいている崎田の隣りへ割り込んだ。私を入れて八人、事務局十三人のうち、これだけ集まるのは珍らしいことだ。議長の岡林、会計の女子局員早川の顔も見えない。日共党員で秘密にこの事務局に入っている神保も久しく顔を見せない。議論よりは実行、なんでもいいから大衆のためにやるなら賛成だ、という裏町の旦那のような、大らかな彼の顔が見えないと、私は幾分淋しいのだ。それに、彼がいないと日共の動きが分らない。再三に亘る共同闘争を、トロツキストがいる集団とは組めないと拒絶しつづける彼らは、反対派として大きな勢力で、その動きと無関係には戦術は組めない。

「えーえ、事務局長が見えたので、今までの論点を一応整理して見たいのですが……」と崎田は言った。

K県教組の二度に亘る賃闘統一スト脱落に、私たちは執行部不信任動議を以て迫る。日共は党勢拡大、国内総資本との闘いよりは、反米帝国主義闘争の重視、そこから来る統一スト反対、再び反対の中止と揺れていた。そこで、私たちは県執行部が、郡部単産の闘いの挫折を理由に、責任回避をさせないために、全県活動者会議を開こう、というのであった。

「そこで、ですね。この辺までに、……先生、何かご意見はありませんか」と崎田は、私の方を向いて言う。

「いや、しかし、全県活動者会議というのは、どんな風に……」

「それは、心配要りません。僕らの方で何とかしますから……」と、革マル派、教育評論家の秋田が、その肥った体ごと、顔を向けて来た。

「すると、あなたの方の組織の……」

「まあ、そうです」と悪びれたところなしに言うのだった。私は〈悪びれたところなしに〉などと、どうして考えるのだろうか？　彼らが日共や一般の人びとからトロツキストなどと呼ばれているのに、無意識に乗っかっているにすぎないのだ。実のところ、私は中核派、とか、革マル派とか、革共同とか云われている連中の主張など、何も分りはしないのだ。また、分りたいとも思ってはいない。その点では神保旦那と同じだ。組合が正常化し、戦争勢力を阻止し、貧困に反対すること、そのために、秋田らの組織が、他の党派より全県的に根っこを多く持っているとすれば、そこに依拠するしかない。

「問題は、ですね」と、革マルに対抗意識を持つらしい、革共同の芦田は言う。

「執行部不信任を県段階においても、市段階においても提出しなければなりませんね。そこで、大衆はそれに替る強力な執行部の出現を予想しないでは、動議に同調はしないでしょう。日共が、今、明確な路線を打ち出せていない時、われわれこそが、その唯一の担当者であることを証明すべきなのです。そして、そのためのキャンペーンを徹底して行うべきなのです……」例によって芦田は断言的な形で、そう言いつつ、顎の張った四角な顔の中の円い大きな目を、ぎょろりとむいた。

「…………」無視の沈黙が一座を支配していた。誰もが、そこまでは考えていなかったし、そうしたことをやれる力が私たちにあるとは思えなかった。私は今日の分会での討論を想い起した。賃闘二度目の挫折にも、私の学校では表面立った執行部批判は出なかったのだ。しかし、一方では不信任動議を出すからには、そこまで責任ある動議でなければならぬ、という名分論にも道理はあった。その名分論の前で、私はたじろぐ。繰り返し、繰り返し、私が代表となっている組織の会報が、会員の枠を越えて、K市教組三千数百の人びとに配付される。そのビラは激越な言葉と思想とによって、執行部不信任と権力への攻撃を宣言する。嘲笑と憎悪、無関心と好奇心によって迎えられるビラ。「共産党より過激な彼ら、見ろ、これがトロツキストだ!!」ビラが惹き起す、それらの声を私は聞く——。

あれは、初夏の青い海、大きな波が、灼けつく太陽の光を、にぶく鉛色に反射し、私たちの乗ったカッターが横揺れに揺れ、班員全部が教班長である下士官の話を聞き、決意を訊きだされていたのだった。私はこの班の班務、いわば、同期生中の責任者なのであった。副班務の秋田中学を出た柳瀬の、下からねめつけるような鋭い視線を背に感じつつ、私は特攻隊志願の挙手ができない、どうしてもできないのだ。師範学校出身のその教班長の粘りつくような微笑を含んだ茶色の底意地悪い瞳を凝視したまま、私は焦った。カッターの船首に、瓜竿を握って立った彼の前あたりから、ばらばらと勢いのいい手が挙がり、私の前方二列はすべて挙手を終えていた。船の中程左舷にいた私は、後方が気がかりであった。しかし、挙手もしていない私に、後ろを振り返る権利なぞありはしないと思われた。それでも、中学を出たばかりの私に、死を準備することなぞ出来たろうか？　いずれ、征くものなら、と志願したに過ぎなかったのだし、そうかと云って、特攻死を拒む、どんな理論も、言葉も、私に見出せるわけは無かった。その時、目に入った舷側の大きな波のうねりが、せりあがる心のうねりのように苦しんで見えたことを、私は今も忘れはしない。蒼鉛色をした波の苦しみを……。――「それはね。芦田君……」と、芦田と同じ大学を出た三輪が、私の想念を現実に引き戻すように言った。三輪の声は、嗄れていた。

「今日も、うちの分会で不信任動議を出したんだ。それは、うちの分会は特殊に悪質だがね。日共を入れて賛成三、保留五、圧倒的多数で葬られたんだ。問題は、だね。そうした状況の中で、組合員の前に、僕らの組織を、故意に露頭させること、これは決して得策ではないと思えるんだな……」そう言って、三輪は例の眼鏡を、右こぶしですりあげた。得たりとばかり、秋田が、その肥った腹をゆすって、中央テーブルに身を乗り出して来た。私は、もう、その話を聞いてはいなかった。

〈あの時、それから、俺はどうしたのだったかなあ〉と内心で呟き、挙手をしたのか、しなかったのか？そして、それから、どうなったかを想い起そうとして、どうしても、駄目なのだ。切れたフィルムのように、そこだけが切断され、空白のままなのだ。特攻志願の話は、結局、教班長の思い付き、底意地悪いいたぶりというように過ぎなかったのだが、私に、大きな裂傷を与えた。生き恥晒らし、卑怯者と云われたくない、良い子でありたい、という心は、私に人一倍強く、それは、あんな事件にも影響された結果ではないだろうか？　本当はそうではないのに、やせ我慢をして、進歩的といわれる姿勢を崩すまいとし、マルクス主義者でもない私が、どうして、トロツキストなどと呼ばれるようなことをしているのか？　困難に直面して破綻し、いつかはこういう姿勢は崩れ、手ひどい報復を受けねばならないだろう。あのにぶい蒼鉛色の波のうねりのように、私の五臓六腑がうねり、もがいて無に崩れる。ああ、崩れないわけがどうしてあろうか。

本当だろうか？　ここに集まっている人たち、ゼンガクレンの運動の中で、あの反安保闘争で、日共のやり方に不満を感じ、社会参加の情熱をこの組織において満たしている三輪や崎田、日共党員であった秋田が「自分の頭で考えよう」として除名され革マル派へと走ったり、現に日共党員でありながら、秘密にこの組織の事務局員でもある神保、これらの人びと全部が、単に〈良い子〉になりたいためにばかりに闘っているのだろうか？

私が私自身であるためには、本当は何をしたらいいのか？　絶え間ない日常がある。絶え間ない日常の中の死がある。築いては崩され、築いては崩されて行く、教育の営み、築いて行くためにさえ障壁となる雑務、過重労働、低賃金、うすぎたない出世主義から来る仲間の妨害、あのかまとと道徳教育、学力至上主義教育がある。私は人類の教師ではなく、不条理に満ちた素寒貧な教育＝労働者にすぎない。それでは、闘う以外にはないではないか？　闘いは、いつでも手段の体系を要求するものなのだ。それが政治というものなのだ。それは、この私が、ここでも、過程的存在であることを認め、ずっしりした日常的な充実から離れてあることを承認したことなのだ。闘うためには、闘いこそが日常であることを観念し、価値によって色づけされ、承認され易くなったこの世の体系を、根底からひっくり返し、唯物論によって武装することが必要だったのだ。赤裸な姿で、この世を見よ。そここそが日常の場と観念せよ。マルクスはそう要求したのだ。

だが、この私は、唯物論的世界のもう一人の人類の教師にはなりたくない。そうなり得たと思った瞬間に、内部から噴きあげてくるあの絶望が、私を粉砕してしまうだろう。たとえ、不条理に満ちていようと、ずっしりとした、まるごとの存在そのものでありたい。実際、あの令子と危うい関係を持ち、そこでの苦悩と歓びの完結した重い世界を開くことができたら、私には、この世界がどんなにか、生き生きとしたものに見えて来るだろうか？　厚く、白い肉体を持った令子は、「万事にやさしくあろうとする人は……」などと言い、この世のすべてに付き合いたい「良い子」面をした私を、ほんとうは、揶揄していたのではないか？　すべてに付き合いたい人間とは何か？　つまり、それは不可能を可能としたい人間、あるいは反対に、万事について冷たい認識を持ち、決して執着することのない人間になることなのだ。闘ったり、執着したりする人は、ついに、他の何ものかに目をつぶった人間であるだろう。それだからこそ、日共は新左翼を米帝国主義の手先、などと言い、新左翼は、また、代々木日共をスターリニストなどと断罪し、自己の立場以外を認めまいとするのだ。私が「万事にやさしすぎる人」なのは、いつも両岸で宙吊りになっているからなのだ。〈ああ、令子よ。もうたくさんだ。たとえ不条理、淺義漢と云われようと、万事に盲いて、君の中へ、溺れて見せようか〉

私の周囲を熱い討論の空気が流れ淀み、そして去って行く。私は目を赤いジュウタンに落したまま蹲踞まっている。私は、この中でさえ、異質物であった。ふと強烈な空虚が私を襲い、痛みが胸を走って、過ぎた。空っぽの体を骨骼だけで支えているような疲労があった。ふと、暗い蒼みどろの中を朱金色の魚が尾ひれを屈托げに振りながら泳いでいる、幻覚を見た。〈ああ、あの池の水を取り替えなければいけないな〉と思った。すると、長四角の竹籠の山雀の、あの往復運動が始まったのだ。それは、執拗につづき、目の前を手で払っても消えないのであった。〈ああ、これは、なんだ。これは、一体、どうしたことだ〉と呟いて、はっとして目を開いた。私はいつの間にかうとうとと眠りかけていたのだ。

「先生」と崎田が、笑いながら、私の膝を突いた。何やら、芦田が熱弁をふるっているようだった。「……そういうことでは、闘う組織としては、実に残念ですね」と言い、年に似合わぬ政治的な笑いを「あっは……」と笑って、言葉を切った。その笑いを、私は遠いものを見るように見た。

「それでは……」と、崎田は口ぐせの「それでは」を言い、「どうやら、結論も出たようですから、全県活動者会議の日取り、次の会報編集会議の日取りなどを決めて、終ることにしませんか……」一同はほっとしたように、勝手な雑談を始め出した。

国鉄N線のM駅で、崎田と三輪に分れた。夜のN線も混んでいた。しかし、どうして夜の車内は明るいのだろうか？　同学の後輩である崎田は、私に文芸サークルを早く発足させろ、と言っていた。私にはもう〝組織〟を動かすエネルギーはない、と思いながら、断ることもしなかった。

駅を降りると、多摩丘陵の黒い稜線の下を、月光に輝らされたバス道路が、白くくねって遠くへ続いていた。私の内部には、やるべきことだけはやって来たのだ、というある充足と、それ以上は問うまい、というある白けた諦念のような感情が共存していた。

〈このようにしか、生きられない。窮極的には何も分らないままに……〉そう思う。しかし〈いつかは、出会う筈だ。何かに……。それを求めるしかない。もう、だいぶ、がたついた器具になったけれどな、あっは〉と自嘲の笑いがこみあげ、頬のところで、それが硬わばるのが分る。

万里は、うっすらと口を開けて、眠むっている。妻は目を鋭くして、起きている。

「いい年をして、何さ!!」と目の醒めるような声が、玄関を入った私の顔に、叩きつけられるだろうか、今夜も……。

　こうして、人生は、誰かが言うように、〝受難《パッション》〟に過ぎない、のだろうか。

（一九六七・六・二七）

IV

家さ　帰ろうよう――人生の終末期を迎えて

私は近く九十五歳。妻は私より五歳下の九十歳、腰骨の手術で殆ど寝たきり状態。移動には、私が車椅子を押して、食堂などへ伴う。

この年の改まった頃、川崎市南部の新興都市にある「老人ホーム」へ夫婦して入居した。

今朝も、午前八時頃車椅子を押して食堂へ行き、我れ先にと空席を見付けて席に付き、膳部が運ばれるのを待つのである。

当初、この大食堂への蝟集の様には圧倒された。形容は悪いが、それは飼葉桶に集まる家畜の如く、従って、おのおのの食し方も、それら動物の口の動きに似てしまう様に見えてしまうのだった。慣れれば、何のこともない。

食堂は一階、道路に面してい、その間は、細長い庭になっている。そこには様々な草や木が植えられていて、珍種のものもある。例えば「山法師」という木、私は生れて初めて見たものの一つだが、秋、白い満月を思わせる花をつける、逞ましい常緑樹。それから庭の北隅に「ジューン・ベリー」という、原産地不明の木は、これを書いている四月頃見事な、これも真ッ白な白い花だが、日本産の梨の花をもっと盛大にしたものを咲かせる。今、この花の下に、あのうすい紫を滲ませた赤い花を付ける山つつじが咲き、下草の緑と合わせて絶妙な空間を演じている。

私はその空間を、〝ほう〟と見つめ乍ら、実は心深くは楽しまないのだ。

食事風景の中で、白く乾いた風がふっと流れる。――家さ　帰ろうよう――と、幼い時から折ふし漏れ出る淡い思いが掠すめる。

そしていつの頃だったか、次のような詩みたいなものを作ったことがある。

家さ　帰ろうよう

母は、体の弱い兄を気遣って、外出する時は私を連れ出すのだ。
はじめのうちはもの珍しく私ははしゃいだものだが、しばらくすると、――家さ　帰ろうよう
――とごねだすのだ。

用事が済むまでは帰れねえ!!
暮れかかる人家のない原っぱで
そこだけが、白くぼーっとかすんだところ――地蔵様が二基並らんでいる。
地蔵様の近くは　わが家だ。

小学校は隣り村、休憩時間の講堂で
四つ違いの姉さに
――家さ　帰ろうよう――
授業が済むまでは帰れねえ‼
それとも、一人で帰れるか？

家には、父《トト》さも母《カカ》さも　兄《アニ》さ姉《アネ》さ　それに　三つ違いの妹もいる――。

世界大恐慌が、我が家を東京へ押し流した。〝田舎っぺい〟は外へ出られない。
おまけに、トンボも、セミも、あの夕暮れのホタルも　いないのだ。
学校？　それは、頭痛、腹痛、歯痛と、知恵の及ぶ限りの　サボタージュ‼

こうして低空飛行の学校の横滑り……
さらには、上官の命令は朕《チン》の命令という軍隊で、――家さ　帰ろうよう――の独り言‼

その間《ま》に、家は焼け野原‼
長兄は、大陸戦線（徐州作戦）で負傷‼

次兄は、フィリピン・レイテ島、カンキポット山の尾根道で、米軍の十字放火で二十三歳の命を散らした。


原爆投下!! ポツダム宣言受諾!!

厚木航空隊、何を血迷ったか?

わが軍、降伏すれど、航空隊降伏せず、参集せよ!! のビラを撒くが、参集は0《ゼロ》!!

軍上層はトラックで重要物資疎開?

われら兵士は、下着数枚に、軍服・作業着各一着ずつ……


超満員列車で、故郷の疎開地へ!!

三日もせずに、父は私を専門学校数学科へ、臨時試験に狩り立て、二人して上京。

試験はお情け合格だったが、故郷に着いたその夜、父は無念の他界!! 過労であったろう、その無念を思いやる暇もあらばこそ——。稼がねばならぬ。手取り早くだ!!

こうして元海軍下士官兵は、一夜にして闇屋稼業!! 超満員の夜汽車の中での、ライト下での読書も乙なもの!! ——家さ 帰ろうよう——などとは言った覚えがない。


私は、いま、「老人ホーム」での生活を語らねばならぬだろう。

「ホーム」の食事はおいしいし、従業員はやさしく、親切だ。しかし従業員にお構いなしに、入居者はどんどん変化する。目立つのは、脚、腰の不如意。当初は普通に歩いていた人が杖《ステッキ》になったな、と思ったら、間なくして車椅子を両足で押す移動、次にはわが妻のように、後ろから介添えが必要となる。人間、それ程に脚、腰が弱いのか？といぶかれる。

次に目立つのは顔の表情。当初は、この人は元気旺盛、迂闊に近づくと剱呑だぞと思った人が、今は、顔色も冴えなく、深く思い悩む、と言った風情の人も少なくはない。

光陰矢の如しとは、斯くの如きか、次には私の番ではある。

「ホーム」には、そうした身体不如意の人は少なくない。中でも重症の人は、大食堂とは別の部屋での介護付き食事となる。そこを覗くと淋しく暗いなあ、と感じるのは私の偏見か？

いや、そうでもないのだ、と近頃、私は思うに至った。と言うのは、大食堂のそれは、私のようないひそかな思いを別にすれば、和やかで、笑いを混えた会話も少なくない。と言うのは、おどけたパホーマーと言った風情の人が結構いるもので、彼ら彼女らは、大げさな物真似やら、突拍子もない会話で、人を笑わせたりして座を賑わすのだ。聞けば、元遊芸集団に所属していたなどの人もいるが、殆どはずぶの素人で、座持ち芸で自らも楽しんでいる人が殆どだ。ところが、ところがである。

この数ヶ月、コロナウイルスのパンデミックで、「ホーム」側が食堂の配置を、一人一机、机と机の間隔を広くした結果、会話も途絶え、従ってパホーマーの出る余地が無くなったのだ。今では静かな食事と、そそくさと自室へ戻ったあとの空漠のみが残る。距離の近さが、半ばは自発的だが、気質の近い人のグループづくりが、おのずと、パホーマーを生み出すのだ、と私は感じる。

別室の食事風景の暗さも、それと関係がないとは言えまい。

そして、このことと、直接の関係はないのだが、このことに触発された、私のある思いを、私は述べてみたいのだ。それはフランスの哲学者ミシェル・フーコーの『監獄の誕生』からの思い付きである。(ここでは仔細なことは省く)。フーコーは一九六八年五月にパリで起った学生運動(パリ革命)に連動して、西洋における刑罰制度の歴史を積極的な主題として扱うようになる。

刑罰は、およそ十八世紀末までは、洋の東西を問わず、身体刑であった。ところが、西洋で十八世紀末に監獄へと処罰様式が変化する。この変化を彼は「君主権力」から「規律権力」への移行と位置づける。つまり前者は犯罪によって損なわれた君主権を、修復する儀式。後者は、彼らを注意深く「躾ける」規律権力なのである。そしてそれは他の制度のモデルとして役立つ「パノプティコン」と呼ばれる建築様式によって、それが可能となる、と言われる。

これはイギリスの有名な哲学者ベンサムの考案によるものだが、中央の中心に監視用の塔、周囲に円環状の建物、その各室に受刑者の居室という構造——塔からは全居室を見ることが可能だが、居室から塔内を見ることは不可能。かくて、受刑者は常時、監視下に置かれていると意識せざるを得ず、権力の側は、見られずに見ることが出来、それによって受刑者を「躾ける」ことを、可能にするのである。これを別様に表現すれば、受刑者を管理、監視し、「客体化」し、その者の異常性、逸脱、危険性、病などの特徴を「知る」ことが出来るようになる。このことは、「権力」が留保される場合にのみ「知」は発達しうるとする古くからの先入見を覆す。こうして古くからの「君主権力」が「規律権力」に取って替わる。

更に、このことは、必ずしも「監獄の成功」とは言えず、犯罪率を減少させることや、再犯防止に役立っている訳ではない。しかし、自由を与えたり、逆に拘束を強化すべきであったりの、有用化と無力化の対策を選別し得ることを可能にするのである。いみじくもフーコーは、このことを、この権力のメカニズムが、魂を産出し、そこに個人を閉じこめる、と言っている。

「パノプティコン」、恐るべし。なぜなら、西洋のみか、今や世界全体に「パノプティコン」は、様々な建築様式に、目的に応じた変形を加え乍ら蔓延していることは、誰しも承知しているだろう。例えば学校、病院、工場、その他、例えば、私が蟄居する「老人ホーム」はどうか？「ホーム」では、中心に監視塔などの立派な設備を設けなくとも、今日では従業員個々にアイフォンなどの機器があり、個室の鍵は従業員にとって無用のものだ。彼らは自在に居室に出入りする。つまり入居者の「客体化」や「知識化」は容易だ。

かと言って、それなしに、高齢化し、容態の変化が著しい入居者を介護、見守ることは困難だろうことは、容易に察しられる。

多くの入居者は、そんなことを気にかけないのか？屈託のない様子だが……。ふとしたことから——家さ　帰ろうよう——などと幼児退行癖の強い者には、気がかりなことだ。

常時、監視下にある。そう考えただけで、私は不快!! 落ちつきを失うのだ。

けれども……。

居室者の「客体化」「知識化」を必要と考えれば容易に「パノプティコン」化できよう。もう一歩進めて考えれば、入居者の健康管理が切実な問題である限り、それは必至のことでもあろう。そのために、多くの従業員を擁し、必要な器機を持たせてもいるのである。

私の「ホーム」には多くの同居者がいる。彼ら、彼女らはそれをどう考えているのやら、何ら屈託が無いようでもある。私自身は、そのことだけでなく、あれやこれやを考えると、乾いた、冷たい風が、ふっと流れるのを意識する。

「往きて還らぬ道の一里塚が、ここなのだ」を胸にしながら、もくもくと、ただもくもくと食卓に座す――。そして少年の時からの、あの思いが――家さ　帰ろうよう――。家には父《トト》さも母《カカ》さも――。この幼児退行!!　私という人間の弱さ――。しかし、まあ、九十歳を超えて生きているとは、故郷もなく、旧居もなく、車椅子の妻と二人……。その妻との会話すら不可能、私の耳は全聾の役立たず……。

私は、いつかは判らぬその日まで、黙って耐えるしかあるまい。往生するとはどんなことなのか？「存在」に還る、その「存在」とは何なのか？　考えれば判らぬことばかり、考えねば、木石と化すること、と単純に言えるのだろうか？

（二〇二〇・四・二〇）

おわりに

たしかに、歴史は巨視的に、発展するのでもあろうし、個々人には、その人なりの、公的使命や、たつきの任務もあろう。

しかし、人はそれのみでは生きないし、おのがじしの性癖やら趣味などによっても生きる。つまりは人は実存の生を歩ゆむ。況して宿命のような個性を抱えた者は、それによって生活を宿命づけられる。

私は、大した個性人であるとも思えないが、一九二五年に生を受け、何と百歳に近くなろうとしている。

その間、貧乏武士の出自を負った父が、九人の子（息子三人、娘六人）を育てつつ、世界大恐慌やら第二次世界大戦を経て、日本の敗戦の年、ついに過労死――。その死の日が、私が兵士を解かれ、専門学校受験合格の通知を持って、疎開先の故郷の地へ二人して帰還した、その日であった。

それは、母を先頭に、女ばかりの世帯で、ひっきょう暗黙であろうと、私が、たつきの途に責任を感ぜるを得ないのだった（長兄は陸軍の残務整理、次兄はフィリピン・レイテ島で戦死）。九人兄弟の八番目の末っ子意識の抜けない私が、戦後経済に立ち向う、手っとり早い手段は、闇米を都会で売ることだった。警戒のきびしい、駅々を抜け、夜中の僅かな灯火の光をたよりに、読書をし、学生へのお目こぼしをあてにしての、それは屈辱以外の何ものでもなかった。

　天皇制国家の権力と、独占資本の利益の結託は明らかだとしても、それへ立ち向う勢力は、決して強力だったとは言えず、むしろ、日々のたつきの途につくことで必死であったろう。私自身もその一員であり、やがて定職についたからとて、それに変わりはなかった。

ただ、おのれ自身の内奥の声におのずからにして従う習癖が身につく、即ち「実存」する生を、人は生きるのだ。

私の場合、それは「詩」のようなものであり、ここに掲げた感慨のようなものだ。

ただし、ひ弱で、傷つきやすい私のそれは、他の人びととの参考たり得るか否かは、分らない。私は私の実存を必死に生きたと、言おう。

何程か、読者の共感を得られたら、それは私の望外の喜びである。

二〇二一年六月二十七日

渋谷直人

初出一覧

ふさわしからざる巻頭言　『秧鶏』第四号、一九七九年四月

Ⅰ

牡丹と春雷　『風嘯』第十二号、一九九一年九月
小兄さん　『風嘯』第十四号、一九九三年十一月
風と蛹と　『風嘯』第十六号、一九九六年二月
若き日の断章　未発表原稿、一九六二年
幻想の街で　未発表原稿、一九五六年
夢魔Ⅰ　『風嘯』第十二号、一九九一年九月
夢魔Ⅱ　『風嘯』第十三号、一九九二年十二月
夢魔Ⅲ　『風嘯』第十五号、一九九五年一月
林間幻想　『風嘯』第十一号、一九九〇年七月
秋の断想・二篇　『風嘯』第十六号、一九九六年二月
散文詩・二題　『風嘯』第十七号、一九九七年五月

II

富士山行　『風嘯』第十四号、一九九三年十一月
冬山行　『秧鶏』第八号、一九八五年六月

III

夜叉神峠へ　『秧鶏』第二号、一九七六年九月
夕暮れの走者　『秧鶏』第一号、一九七五年五月
詩一つ　『風嘯』第九号、一九八七年七月
川に魚を見たり　『秧鶏』第六号、一九八一年三月
鳥と魚のいる風景　『氷河』創刊号、一九六七年十一月

IV

家さ　帰ろうよう　書き下ろし、二〇二〇年四月
地球物語　『風嘯』第十四号、一九九三年十一月

＊第III部のうち、「詩一つ」以外は、『鳥と魚のいる風景』（近代文藝社、一九八二年）に収録されている。

地球が　宇宙無限軌道を
ころころっと　ころがって
　　　　ぽっとんと　墜ちる——。

　今日　ひと日　哀しいほどに青い空
境界なんかに　意味はない
緑なす草原で　ステップを踏んで　踊ろう。

夜になったら　ほたる草の中に
小さな灯りをともす　工夫をするのもいい
空には　満天の星。
　　ああ、今日　ひと日。

著者略歴

渋谷直人　しぶや・なおと

一九二六年生まれ。一九四五年八月、日本海軍（内地分遣隊）から復員。故郷・山形県米沢市へ帰還した日、父死す。次兄はフィリピン・レイテ島、カンキポット山で戦死。早稲田大学教育学部卒業。東京都豊島区東長崎に住み、詩人・大江満雄の知遇を得る。この頃、文芸誌『存在』『氷河』同人。川崎市立中学校教諭を経歴。『秧鶏』『風嘯』等に詩や小説、評論を発表してきた。著書に『鳥と魚のいる風景』（近代文藝社、一九八二年）、『大江満雄論——転形期・思想詩人の肖像』（大月書店、二〇〇八年）、『遠い声がする——渋谷直人評論集』（編集室水平線、二〇一七年）、編書に『大江満雄集　詩と評論』（共編、思想の科学社、一九九六年）がある。

夕暮《ゆうぐ》れの走者《そうしゃ》　渋谷《しぶや》直人《なおと》詩文集

二〇二一年一〇月一五日　第一刷発行

著　者　渋谷直人
発行者　西　浩孝
発行所　編集室 水平線
〒八五二―八〇六五
長崎県長崎市横尾一丁目七―一九
電話〇九五―八〇七―三九九九

印刷・製本　株式会社 昭和堂

ISBN 978-4-909291-04-2　C0095

遠い声がする

渋谷直人評論集

編集室 水平線

渋谷直人

四六判並製／232ページ
定価［本体2,000円＋税］
ISBN978-4-909291-02-8 C0095

「黄昏に、物好きにも、落穂拾い。拾えるものとて、少しばかり。なぜか？ そうしないでは落ち着かない。陽は急速に西へと傾き、空を薄く染める。／――あれはどこ、それはどんなふうに、と往事、行き過ぎた場所と、その理由や、様子を尋ねても、いっこうに手がかりは思い出せず、漠然と不安は募るばかり。／収穫がないなら、探索をやめればよいものを、ここ数カ月ばかり、埃り臭い書斎を這い回っては、この落穂拾いを続けてきた。／もともと、死後の勲を、などと思ったわけではない。なぜだろう？」（本書「あとがき」より）

戦後に抱え込んだ自己の崩壊感覚に立脚し、大江満雄、金井直、島尾敏雄らの作品から、時とともに置き去りにされかねない思想をひとつひとつ拾い上げる。実存をかけて読み、思考する著者の文学批評集成。

［二〇一七年九月刊］